MIT DIESEM VERSPRECHEN

Windswept Bay, Buch Sechs

DEBRA CLOPTON

Mit Diesem Versprechen

Die Lehrerin Lana Presley hat Cowboys abgeschworen. Was gut funktionieren sollte, da sie von Texas weggezogen ist und sich glücklich an ihr neues Leben in Windswept Bay gewöhnt. Nach einer schlimmen Trennung, die beinhaltete, dass sie ihren sie betrügenden Exfreund als Zielscheibe für Wurfübungen mit schokolierten Kirschen verwendete… ist sie froh, Single zu sein. Und sie ist froh, dass sich ihre überfürsorglichen Brüder und ihr Vater nicht in ihre Angelegenheiten mischen. Sich dauerhaft an der Küste, kilometerweit weg von Texas, niederzulassen, scheint perfekt.

Dann taucht der umwerfend attraktive Cowboy Cam Sinclair mehrere Male zu ihrer Rettung auf und wirbelt ihre sorgsam aufgestellten Pläne durcheinander.

Der Rancher Cam Sinclair ist nur einige Tage wegen geschäftlicher Angelegenheiten in der Stadt und fährt dann zurück nach Hause zu seiner Ranch in Texas. Er beabsichtigt, die richtige Frau zu finden und sich mit ihr niederzulassen. Und als er die hitzköpfige Lana Presley trifft, ist er vom ersten Augenblick an fasziniert. Allerdings stellt sie klar, dass Texas und Cowboys in ihren Zukunftsplänen keine Rolle spielen. Können ein Roadtrip und Cam...und die Liebe sie letztlich umstimmen?

An den Küsten von Windswept Bay werden die Sachen etwas kompliziert! Lass dir Mit Diesem Versprechen, Buch 7 der fesselnden Reihe, nicht entgehen. Du hast erlebt, als sich die vier Sinclair-Schwestern verliebt haben, jetzt ist es an der Zeit, dass die fünf Sinclair Brüder die Frauen ihrer Träume finden.

KAPITEL EINS

Cam Sinclair bog auf den Parkplatz des Familienresorts, das jetzt von seinen Schwestern geführt wurde. Er war spät dran, aber es ließ sich nicht ändern. Er stellte den Motor aus und als er dabei war, aus dem Truck auszusteigen, sah er seinen Bruder Max über den Parkplatz joggen. Cam sprang aus seinem Truck. „Hey Max, warum die Eile?"

Sein jüngerer Bruder sah ihn und kam in seine Richtung. „Cam, du hast es geschafft. Gekonnter Schachzug, zur Auktion zu spät zu kommen."

Cam zuckte mit den Schultern. „Es ging nicht

anders. Und, was machst du? Vor einem Date die Flucht ergreifen?"

„Nein, ich wurde zum Einsatz gerufen. Die Auktion ist fast vorbei, aber ich muss mich sofort melden. Wenn du dich beeilst, kannst du vielleicht meinen Platz einnehmen."

„Ich denke, ich kann es mir verkneifen." Er wusste, dass Max kein Wort darüber verlieren konnte, wo er hinging und dass er momentan womöglich selbst nicht wusste, wohin er unterwegs war. Er war stolz auf Max und machte sich gleichzeitig Sorgen um ihn, aber Max liebte seinen Beruf.

„Hör zu, ich hasse es, überstürzt los zu müssen, aber es geht nicht anders. Wie immer, werde ich euch allen Bescheid sagen, wenn ich wieder in den Staaten bin." Sie umarmten einander.

„Sei vorsichtig, kleiner Bruder." Cam machte es nichts aus, ihm das zu sagen. Auch wenn er wusste, dass das für Max bei seinen strenggeheimen Einsätzen nicht immer möglich war.

„Das bin ich. Sag Levi, dass er nach meinem Schwein sehen soll, während ich weg bin." Er grinste.

Cam sah ihm nach. „Du und dein Schwein. Das ist einfach nicht richtig. Du brauchst eine Frau, zu der du nach Hause kommen kannst, kein Wachschwein."

Max grinste. „Noch nicht die richtige Zeit. Aber du mit deiner Ranch in Texas und deinem fortgeschrittenen Alter bist bereit für eine Ehefrau." Max – mit 29 der jüngste Sinclair Bruder und Cam mit 33 der älteste Bruder – mochte es, ihm den Altersunterschied von vier Jahren unter die Nase zu reiben.

„Wer weiß. Vielleicht werde ich verheiratet sein, wenn du zurückkommst."

„Dann solltest du dich besser beeilen, es soll ein kurzer Einsatz werden. Rein und gleich wieder raus. Ich muss los. Ich werde deine bessere Hälfte kennenlernen, wenn ich zurück bin." Er lachte über seine Schulter hinweg und rannte los. Dann blieb er plötzlich stehen und drehte sich um. „Hey Cam", rief er jetzt in ernstem Tonfall. „Wirklich, pass auf dich auf. Ich bin froh, dich noch schnell gesehen zu haben."

Dann lief er den Rest des Weges zu seinem Truck und war verschwunden.

Cam sah dabei zu, wie Max wegfuhr, und bemühte sich, das Unbehagen zu ignorieren, das sich in seinem Magen regte. Max würde zurückkommen. Er ging zurück zu seinem Truck, kletterte hinein, nahm den Schlüssel und verschloss die Türen. Sein Bruder hatte gute Instinkte, was ein Vorteil bei seinem Beruf war, und in dem kurzen Gespräch hatte Max genau erraten, was in den letzten Monaten an Cam nagte: Cam war bereit, sich zu binden, musste jedoch erst *die richtige Frau* finden, damit es für ihn Sinn ergab.

In jedem Fall war er offen dafür, sie zu kennenzulernen, wann immer sie entschied, sich ihm zu zeigen. Er bezweifelte allerdings, dass das passieren würde, bevor Max wieder nach Hause kam.

Lana Presley verließ die Junggesellenauktion zum Valentinstag im Windswept Bay Resort ohne Date, aber mit einem Lachen im Gesicht. Sie war nicht mit der Absicht hingegangen, ein Date zu finden. Sie wollte sehen, ob ihre Freundin Jessica eines bekam. Und glücklicherweise war dies der Fall. Liebe war eine erstaunliche Sache… nicht, dass sie danach suchte. Aber dennoch gefiel ihr der romantische Aspekt, wenn die Beziehung funktionierte.

Es waren der Aufwand und das Risiko, das damit einhergingen, die Liebe zu finden, was sie satt hatte.

Und doch konnten die Sinclair Schwestern sich freuen, denn die Junggesellenauktion war ein großer Erfolg gewesen. Vor allem für ihre Freundin Jessica und Levi Sinclair. Ihre Freundin hatte ihr in letzter Zeit Sorgen bereitet. Lana wusste, dass Levi gut für sie war, daher hatte Lana mit den beiden mitgefiebert hatte, ob sie zueinander finden würden.

Die Tatsache, dass Jessica aus ihrem Schneckenhaus gekommen war und die Chance auf eine neue Liebe wahrgenommen hatte, war wundervoll. Lana wusste nicht, wie es weiterging, nachdem sie die Auktion gemeinsam verlassen hatten, aber sie war gespannt, später davon zu erfahren. Und sie hoffte, dass die beiden jetzt offiziell ein Paar waren.

Lana musste zugeben, dass ihr die Auktion die Augen geöffnet hatte. Die Jungs hatten alle sehr viel Spaß gehabt und die Sinclair Brüder waren so entspannt mit der ganzen Angelegenheit umgegangen, dass es eine wahre Freude gewesen war, ihnen zuzusehen. Aber einer der Brüder hatte gefehlt – der, auf den sie neugierig war – Cameron oder Cam, wie sie ihn nannten. Er lebte in Texas und besaß dort eine Ranch. Er war eher ein Cowboy als ein Beachboy. Sie hatten sich alle in ihrer Heimatstadt an der Küste des wunderschönen Windswept Bay niedergelassen.

Lana hatte ein paar der Kolleginnen im Lehrerzimmer in der Schule über die Brüder sprechen gehört. Dabei war sein Name ein paar Mal erwähnt worden. Da sie und ihre fünf Brüder selbst aus Texas stammten und auf einer Ranch aufgewachsen waren, war sie gespannt auf den Bruder gewesen, der nach Texas gezogen war, um dort Ranch-Besitzer zu werden. Nicht, dass sie in irgendeiner Weise interessiert war. Sie war nur neugierig auf ihn. Sie hatte zu viele unglückliche Beziehungen mit Cowboys gehabt, um mehr als nur Neugier für diesen Mann zu empfinden.

Tatsächlich war sie nach Windswept Bay gezogen, um Abstand zwischen sich und Cowboys zu bringen –

inklusive ihrer Brüder und ihrem Vater. Sie brauchte Freiraum. Sie hatte angefangen, hier ihr eigenes Leben aufzubauen, und ihr gefiel es wirklich. Auch wenn sie das Reiten vermisste. Sie hatte gehört, dass es auf der Insel ein kleines Gestüt in der Stadt gab, und sie beabsichtigte, sich das morgen anzuschauen. Sie freute sich auf die Aussicht, mal wieder zu reiten.

Sie hatte ihren Truck im hinteren Bereich des Parkplatzes abgestellt und erreichte ihn schließlich. Sie kletterte in die Fahrerkabine, steckte den Schlüssel ins Schloss und drehte ihn um. Anstatt dass der Motor ansprang, hörte sie lediglich das dumpfe Klicken einer leeren Batterie.

„Nein, komm schon", knurrte sie und versuchte es erneut, als würde das die Tatsache ändern, dass die Batterie leer war. Sie hatte gewusst, dass sie ihre Batterie austauschen musste, hatte dies jedoch noch nicht getan. Sie regte sich eine Weile über sich selbst auf, und bemerkte dann ausgehende Scheinwerfer eines Trucks nicht weit entfernt von ihr. Der Truck hatte einen Pferdeanhänger.

Sie hielt mit den Selbstbeschimpfungen inne und

fragte sie sich, wer den Schlepper fuhr. Wenn es etwas gab, das dieses texanische Mädchen wusste, dann, dass man sich um seine Angelegenheiten selbst kümmerte. Sie hätte beim Autoteileladen anhalten und ein Batterie kaufen sollen, kurz nachdem das das erste Mal passiert war. Aber sie hatte es nicht getan und jetzt musste sie mit den Konsequenzen leben, wie ihr Dad es ausgedrückt hätte.

Sie warf einen Blick hinüber zu dem Truck, aber die schwache Beleuchtung des Parkplatzes ließ sie nicht erkennen, wer am Steuer saß.

Der große Anhänger erinnerte sie an ihre Brüder und ihren Vater. Weidewirtschaft und Pferde- oder Viehtransporte waren Teil des Jobs. Kümmere dich um deine Angelegenheiten und deine Ausrüstung war ebenfalls Teil des Jobs. Jetzt gerade bekam sie die Quittung, dass sie ihre Nachlässigkeit zugelassen hatte und liegen geblieben war.

Sie lehnte sich nach vorn, zog am Hebel für die Motorhaube und stieg aus der Fahrerkabine. Sie schaute erneut neugierig zu dem Truck und fragte sich, wer ihn fuhr und im Resort übernachtete. Sie ging zur

Vorderseite ihres Trucks, der ebenfalls für den Transport von Tieren genutzt worden war. Sie griff nach dem Öffnungshebel und hob dann die Motorhaube. Sie zog ihr Telefon hervor, schaltete die Taschenlampe ein und griff dann mit einer Hand in den Kühlergrill und stellte einen Stiefel auf den vorderen Kotflügel. Sie war zu klein, um auf dem Boden stehend irgendetwas zu erkennen. Sie zog sich hoch und lehnte sich unter die Motorhaube, um in den dunklen Hohlraum zu blicken, während sie ihre Taschenlampe auf den Motor richtete.

„Brauchen Sie etwas Licht?"

„*Was*?", entfuhr es Lana. Sie schreckte auf und schlug mit ihrem Kopf gegen die Motorhaube, bevor sie ihr Gleichgewicht verlor und von der Stoßstange rutschte. Sie wäre gefallen, wenn sie nicht von starken Armen aufgefangen worden wäre.

„Alles okay?", fragte der Mann, während er sie sicher gegen seine harte Brust hielt.

„Mir geht es gut", murmelte sie, rieb sich ihren Kopf und schaute den Mann böse an. „Wissen Sie nicht, dass man eine Frau vorwarnt? Man taucht nicht einfach auf und erschreckt jemanden." Sie bemühte sich, aus seinen Armen herauszukommen. Ihr Kopf pochte. Dank ihm hatte sie wahrscheinlich eine Beule so groß wie Texas.

„Sind Sie sicher?", fragte er und klang skeptisch.

„Positiv", grummelte sie und trat sofort einen Schritt von ihm weg, während sie noch immer ihren pochenden Kopf massierte.

„Ich entschuldige mich", sprach er gedehnt und klang wirklich besorgt.

Seine Art zu sprechen war nicht ganz texanisch, aber klang absolut nach Cowboy. Sie atmete ein und versuchte, sich zu beruhigen, während sie sich auf ihn konzentrierte. Er nahm seinen Hut ab und sie erhielt einen besseren Blick auf sein Gesicht. Oh... sie keuchte. Die Ähnlichkeit mit den anderen Sinclair Brüdern war unverkennbar, daher wusste sie sofort, wen sie da ansah.

Cam Sinclair.

Meine Güte... ihre Gedanken wurden unterbrochen, durchdringende Augen, die im schwachen Licht funkelten, fingen ihren Blick ein.

„Geht es Ihnen gut? Ich wollte Ihnen helfen. Ich wollte nicht, dass Sie sich verletzen."

Er war groß mit markanten Gesichtszügen – selbst in dem schwachen Licht des Parkplatzes konnte sie erkennen, dass der gutaussehende Mann Verkehrsstaus verursachen und auch Herzen brechen konnte. Womit sie mehr als Erfahrung hatte.

Sie bekam ihre Gedankenspiele in den Griff. „Es ist alles in Ordnung. Und tut mir leid, dass ich mich so aufgeregt habe. Aber nur, damit Sie es wissen: das nächste Mal, wenn Sie sich im Dunkeln an eine Frau heranschleichen, warnen Sie sie kurz vor." Sie schaute mürrisch und hatte keine Ahnung, warum sie so gereizt war.

Er schaltete das Licht an seinem Handy an und streckte seine Hand aus. „Lassen Sie uns nochmal von vorn anfangen. Ich bin Cam Sinclair. Und ich würde gern einen Blick unter Ihre Motorhaube werfen, wenn ich darf."

Lana brachte kein Wort heraus.

„Geht es Ihnen gut?", fragte er erneut. „Sie sehen im Licht hier etwas blass aus."

„Ähm, ja, mir geht es gut. Sorry." *Was war denn nur los mit ihr?* Sie hatte schon viele gutaussehende Cowboys gesehen.

„Also, darf ich?"

„Was?"

„Mir den Truck anschauen."

Sie blinzelte und verpasste sich gedanklich einen Tritt in den Hintern. „Ja, klar."

„Bist du sicher, dass du dich gut fühlst? Du siehst wirklich ein wenig angespannt aus."

Sie nickte und kam sich ziemlich bescheuert vor.

Er ging zum Truck und lehnte sich unter die Motorhaube, wobei er mit seiner Taschenlampe in den Motorraum leuchtete. „Das ist ein ziemlich großer Truck für eine kleine Frau."

Sie stand auf ihren Zehenspitzen. Ja, sie hatte große Reifen, wodurch der Truck höher war als ein normaler. „Er ist nicht größer als Ihrer dort drüben."

Er hob seinen Kopf und sah sie an. „Ziehen Sie Anhänger mit dem Truck?"

„Zurzeit nicht. Aber ja, hab ich."

Er nickte, während er darüber nachdachte, doch

sie führte es nicht weiter aus. Auch wenn sie wusste, wer er war, hatte sie nicht das Bedürfnis, mehr zu erzählen.

Er konzentrierte sich auf den Truck, rüttelte an ein paar Teilen, nahm die Abdeckung vom Autokühler ab und setzte sie wieder auf. Er überprüfte den Ölstand und musterte dann die Batterie. „Ich denke, es ist die Batterie, also wollen wir es probieren.“

„Das wäre großartig. Ich hatte schon einmal das Problem.“

„Sie werden sie morgen ersetzen lassen müssen.“ Er neigte seinen Kopf und schaute sie mit ernsten Augen, deren Farbe sie in dem dämmrigen Licht nicht erkennen konnte, an. „Okay? Mit dem Auto liegen zu bleiben, ist keine gute Sache. Ihr Ehemann oder Freund kann sich darum kümmern.“

„Ja. Klar. Danke.“ Ihr Herzschlag spielte verrückt wie ein Rodeo-Bulle und das war ziemlich irritierend. „Es ist alles meine Schuld. Ich bin Single und allein dafür zuständig. Ich habe es einfach versäumt, mir eine neue Batterie zu besorgen.“ *Warum um alles in der Welt sagte sie das? Zu viel Information!*

Erinnerung an mich selbst: Cowboys sind von der Liste der zulässigen Attraktionen gestrichen und ich würde gut daran tun, mir das stets vor Augen zu halten.

Er sagte nichts, tippte sich nur an den Hut und ging mit großen Schritten davon.

Lana sah ihm hinterher.

Jupp. Der Mann sah gut aus in seiner Jeans und seinen Stiefeln. *Mist. Das würde nicht funktionieren. Ganz und gar nicht.*

Cam fuhr mit seinem Truck vor. Die Lady war gereizt und hatte ihn zum Schmunzeln gebracht. Sie hatte definitiv ihren eigenen Kopf. Er hatte sie nicht erschrecken wollen, aber sie hatte seine Aufmerksamkeit in dem Moment auf sich gezogen, als sie vom Sitz des Trucks gesprungen war. Er hatte sie dabei beobachtet, wie sie zur Vorderseite ihres Fahrzeugs gegangen und die Motorhaube aufgeschoben hatte, als würde sie wissen, was sie da tat. Als sie sich auf die Stoßstange gestellt hatte, war er so schnell er konnte zu ihr gegangen. Er war so entschlossen gewesen, ihr Hilfe anzubieten, dass er gar nicht daran gedacht hatte, er könnte sie erschrecken. Er hatte deswegen wirklich ein schlechtes Gewissen – aber als sie rückwärts in seine Arme gefallen war, war er froh gewesen, dass er sie aufgefangen hatte.

Sie war ein Hitzkopf, das war nicht zu übersehen, und er erkannte ein texanisches Näseln, wenn er eines hörte. Das war keine Frau aus Florida. Er parkte seinen Truck nah genug an ihren, sodass die Startkabel hinreichten. Dann holte er die Kabel aus der stählernen Ausrüstungskiste, die auf der Ladefläche befestigt war.

„Es tut mir leid, ich wollte nicht unhöflich sein", sagte sie, als er zu ihr zurückkam. „Ich bin Lana Presley. Es freut mich, Sie kennenzulernen. Ich bin eine Bekannte Ihrer Schwestern."

„Bekannte?" Er musterte sie.

„Ich bin recht neu in der Stadt und habe sie erst vor kurzem kennengelernt."

„Verstehe. Na dann, willkommen in Windswept Bay. Ich erkenne anhand Ihres Dialekts, dass Sie Texanerin sind. Sind Sie eine Verwandte von Marcus

Presley oder der Presley Ranch?" In der Dunkelheit war es schwer, in ihrem Gesicht zu lesen, aber er war sich ziemlich sicher, dass es sich verspannte.

„Möglich. Ist das ein Problem?"

Die Coolness in ihrer Stimme überraschte ihn. Er zuckte mit den Schultern und war jetzt neugieriger auf sie als je zuvor. „Nein, Ma'am, kein Problem." Er befestigte die Kabel an den Trucks. „Sie können ihn jetzt starten." *Die Lady wollte offensichtlich nicht über irgendwelche Beziehungen zu den Presleys in Texas reden.*

Sie ging weg und startete kurz darauf den Motor. Er entfernte die Kabel von der Batterie. Seine Arbeit war getan. Aber er war noch nicht bereit, sich zu verabschieden.

„Danke." Sie kam zurück zur Vorderseite ihres Trucks.

Er zog die Motorhaube herunter und schloss sie. „Gern geschehen. Freut mich, dass ich helfen konnte."

Sie schob ihre welligen, dunklen Haare hinters Ohr. Sie war auf eine schlichte Art hübsch, ohne Schnickschnack. Sie hatte einen breiten Mund, fast zu breit für ihr kleines Gesicht, und kantige Kieferknochen, die, wie er gesehen hatte, hervortraten, wenn sie angespannt war. Sie waren hervorgetreten, als er sie nach ihrer Beziehung zu den Presleys gefragt hatte. Jetzt traten sie erneut hervor und er musste sich ein Grinsen verkneifen. Er hatte das Gefühl, dass sie trotz ihrer kleinen Größe und sanften Schönheit aufbrausend war, wenn sie sich über etwas aufregte.

„Ich wollte vorhin nicht unhöflich klingen. Ich kenne Sie nur einfach nicht.“

Er tippte sich an den Hut. „Ich verstehe. Eine Lady kann nicht zu vorsichtig sein. Sie müssen das mit der Batterie morgen erledigen.“

Sie räusperte sich. Er dachte, sie war dabei, noch etwas zu sagen. Doch stattdessen nickte sie und wandte sich zum Gehen.

„Vielleicht sehen wir uns, während ich hier in der Stadt bin.“ Er war geradeheraus und sie interessierte ihn.

Sie blieb bei der offenen Tür des Trucks stehen. „Vielleicht. Aber wahrscheinlich nicht. Ich war heute Abend nur wegen der Junggesellenauktion hier.“

„Ah, ich verstehe. Haben Sie einen bekommen?"

Im Schatten des Lichts hatte er den Eindruck, dass sie zusammenzuckte. „Nein, das hatte ich auch gar nicht vorgehabt."

Damit stieg sie in ihren Truck, fuhr in einer leichten Wellenlinie aus der Parklücke rückwärts heraus und davon.

Cam sah Lana Presley nach, wie sie vom Parkplatz fuhr. Sie war weder unhöflich noch besonders glücklich in seiner Gegenwart gewesen. Alles, was er getan hatte, war, ihr zu helfen. Trotz seines Interesses, war es nicht zu leugnen, dass sie ein wenig kratzbürstig gewesen war – und offensichtlich an nichts interessiert, was er zu bieten hatte.

Also, weshalb dachte er noch immer über sie nach, als er durch den Vordereingang des Resorts auf der Suche nach jemandem aus seiner Familie ging?

Er war sich nicht sicher, ob die Valentinsauktion schon vorbei war oder ob sich noch immer jemand dort aufhielt, nur für den Fall, dass er zum Resort käme. Ein Pferdetransport von Texas hierher dauerte lange und er hatte es nicht rechtzeitig geschafft, um seinen

Schwestern zu helfen. Er hatte ein schlechtes Gewissen, aber offengesagt tat es ihm ganz und gar nicht leid, dass er die Auktion verpasst hatte. Er war geschäftlich hier, auch wenn sie das nicht wussten. Er hatte keine Zeit für ein Date, selbst wenn es für einen wohltätigen Zweck war. Zudem war er nicht besonders angetan von der Vorstellung, als ein Date *versteigert* zu werden.

Er entdeckte seine Schwester Cali, wie sie hinten durch den Gartenzugang des Resorts kam.

Er war der älteste Sohn und sie war die älteste Tochter, daher hatten sich die beiden stets nahegestanden.

Ihre Miene erhellte sich, als sie ihn sah. „Cam, du bist spät dran, aber du hast es geschafft! Es ist so schön, dich zu sehen."

„Hey Schwesterchen. Ich freue mich auch, dich zu sehen." Er umarmte sie und sah ihren Ehemann Grant durch die Schiebetüren kommen. „Grant, wie ich sehe, hat sie dich nicht versteigert." Er lachte und gab seinem Freund die Hand.

„Nein." Grant grinste, während Cali ihren Arm um

seine Taille legte und ihn anlächelte. „Sie hat mich nicht versteigert, aber alle anderen sind wir losgeworden. Das war ein unvergesslicher Abend."

Cali lächelte. „Jillian hatte eine großartige Idee mit dieser Junggesellenauktion. Ich hoffe nur, dass sich keines der Dates in eine Katastrophe verwandelt."

„Das wäre nicht gut." Cam verzog das Gesicht.

„Nein, ganz und gar nicht. Der beste Teil des Abends war, dass Levi von Jessica ersteigert wurde. Erinnerst du dich an die Frau, die er zu Moms Geburtstagsfeier mitgebracht hatte?"

„Ja, er hat sie und ihren kleinen Jungen mitgebracht. Ich erinnere mich. Sie hat ihn also ersteigert?"

Cali lächelte. „Hat sie. Es war wunderbar und sehr romantisch. Und sie haben dafür gesorgt, dass der ganze Abend ein voller Erfolg wurde. Was Jillians Hintergedanke bei der ganzen Sache gewesen war."

„Nun, das ist großartig. Levi kommt in das Alter, in dem er sich mit einer Frau niederlassen will."

Calis Miene wurde noch strahlender. „Bist du dann also auch in dem Alter?"

Er war älter als Levi und sein Zwillingsbruder Trent. „Ja, neugierige Schwester, du hast richtig gehört. Ich fange wirklich an, mir über meine Zukunft Gedanken zu machen. Und dass all meine Schwestern heiraten und so glücklich sind, hatte seinen Einfluss auf mich."

Sie lachte. „Juhu!"

Grant zog sie an sich. „Falls du mich fragst, ist es das Klügste, was ich je getan habe."

Cam schaute seinen guten Freund an, dem noch immer die Ranch neben seiner in Texas gehörte. „Wir wissen beide, dass es das Beste war, was dir je passiert ist. Du sahst nie glücklicher aus."

„Damit hast du Recht."

„Du hättest rechtzeitig zur Auktion kommen und diesen Teil deiner Zukunft ins Rollen bringen sollen." Calis Augen funkelten.

Er lachte. „Ich denke, das schaffe ich schon selbst."

„Na dann, viel Glück dabei. Bist du nicht wegen einer Pferdelieferung hier?"

„Ich hatte einen Geschäftstermin, den ich

hoffentlich morgen abschließen kann." Er schaute kurz auf seine Uhr. „Ich hasse es, los zu müssen, aber ich habe einen Anhänger voller Pferde, um die ich mich kümmern muss. Wir sehen uns."

„Wo bringst du die Pferde hin? Wohnst du bei Mom und Dad? Du bist mehr als willkommen, bei uns zu übernachten."

Er entschied, dass es keinen Grund gab, es ihnen nicht zu erzählen. „Ich bringe sie zu Bess Pferdeställen an der Strandstraße."

„Na klar, das hätte ich wissen sollen. Aber ich habe gehört, dass sie es kurzerhand verkauft und letzte Woche die Stadt verlassen hat, um bei ihrer Schwester zu leben."

Grant musterte ihn argwöhnisch. „Hast du das Anwesen gekauft?"

Cam lachte, unfähig, das Geheimnis noch länger für sich zu behalten. „Das habe ich."

„Oh mein Gott", schrie Cali auf. „Ich kann es nicht fassen. Ziehst du hierher?"

„Du hast ganz schön viele Fragen. Als ich zu Shars Hochzeit hier war, bin ich bei Bess vorbei um nach ihr zu sehen. Ich hatte sie eine Weile nicht gesehen und dachte, ich sage einfach mal Hallo. Sie hat mir in meiner Kindheit sehr viel über Pferde beigebracht und mir dabei geholfen, meinen Traum, ein Cowboy zu werden, zu erfüllen. Während ich dort war, hat sie mich gefragt, ob ich je in Betracht gezogen habe, ihr Anwesen zu kaufen. Sie war bereit, in Rente zu gehen, und so schlossen wir einen Deal."

„Ich finde, das ist wundervoll. Mom wird das nicht glauben. Warum hast du es ihr nicht erzählt? Oder uns?"

„Weil ich nicht sicher war, ob Bess nicht doch einen Rückzieher macht. Der Verkauf ist eine emotionale Angelegenheit. Ich wollte, dass sie glücklich ist. Daher sah ich keinen Grund, Mom und Dad unnötig Hoffnungen zu machen, sollte sie in letzter Minute entscheiden, die Ställe zu behalten."

„Ich verstehe. Nun, das ist so aufregend!"

„Ich finde es ebenfalls ganz großartig", fügte Grant hinzu. „Ich werde mal vorbeikommen und ein wenig reiten müssen."

„Ich werde mir das Anwesen unter der Woche

genauer ansehen. Komm vorbei, wenn du Zeit hast. Ich hab nur kurz Halt gemacht, um zu sehen, wie die Auktion gelaufen ist, aber ich denke, ich werde jetzt rausfahren. Es war ein langer Tag."

Und er war bereit, sein Grundstück zu sehen. Als Bess ihn gefragt hatte, ob er an dem Anwesen Interesse hätte, war er überrascht gewesen. Doch dann hatte er nach und nach die Möglichkeiten gesehen. Und das Vermächtnis, das Bess geduldige Reitstunden hinterlassen hatte, bedeutete ihm alles. Er hatte nicht gewollt, dass irgendein Unternehmen die Chance ergriff, dieses prachtvolle Anwesen zu kaufen und dann das Gestüt nicht weiterzuführen, sondern etwas anderes daraus zu machen. Das war Bess einzige Bedingung gewesen: Es sollte ein Gestüt bleiben. Und damit war er völlig einverstanden.

Jetzt musste er nur entscheiden, wie er es von Texas aus managen würde.

KAPITEL ZWEI

Es war ein wunderschöner Morgen. Lana wachte mit dem Sonnenaufgang auf und freute sich darauf, zu den Ställen zu fahren und zu reiten. Es war eine Weile her, seit sie geritten war, und jetzt war sie plötzlich voller Tatendrang und konnte nicht schnell genug losfahren.

Letztlich war sie im Herzen noch immer ein Cowgirl und sie würde das, was sie an diesem Lebensstil liebte, nicht hinter sich lassen. Sie hatte lediglich eine Pause davon gebraucht. Und mit einem Pferd am Strand entlang zu reiten, klang himmlisch.

Sie war überrascht und erfreut, als der Truck ansprang. Sie hatte ihn gestern Abend eine Weile laden lassen, bevor sie schließlich den Motor ausgeschaltete und zum Schlafen hineingegangen war. Dieser Schub hatte offensichtlich funktioniert.

Normalerweise war sie verantwortungsbewusster, was ihre geschäftlichen Angelegenheiten betraf. Doch der Truck lief heute Morgen gut, daher würde sie sich erst nach dem Reiten eine neue Batterie besorgen. Die Vorstellung eines morgendlichen Ausritts – noch dazu am Strand – war einfach zu verlockend.

Die Ställe waren leicht zu finden; es ging am Resort vorbei auf der Hauptstraße entlang. Neben der Abbiegung, die zum Anwesen führte, befand sich ein kleines Schild. Alles sah wirklich ruhig aus, als sie durch das kleine Tor von Bess Pferdeställen bog. Die Scheunen befanden sich auf ihrer linken und das Haus auf ihrer rechten Seite. Es war ein kleines Haus im Ranchstil, das hier in Florida und so nahe am Strand ein wenig fehl am Platz aussah. Es brachte sie auf den Gedanken, dass die Eigentümerin aus Texas stammen musste.

Nachdem sie den Truck geparkt hatte, stieg sie aus und sah sich in der Gegend um. Sie entdeckte einen Pferdeanhänger, der hinter den Ställen hervorlugte. Ein bekannter Truck stand ebenfalls neben einer Scheune. Sie ging auf den Truck zu und fragte sich, weshalb alles so ruhig war. *Touristen schienen in den frühen Morgenstunden nicht gern auszureiten.*

Das Ranchleben begann immer bei Sonnenaufgang und das Reiten war am schönsten früh morgens, wenn es noch nicht zu heiß war. Sie hörte das leise Wiehern von Pferden, als sie durch die Flügeltüren des Stalls ging. Sonnenlicht fiel durch die offenen Türen und Lana blieb stehen, um den Geruch von frischem Heu und Futter einzuatmen. Die Ställe waren sauber; darauf deutete der Geruch. Zehn Pferde schauten aus den Boxen zu ihr und sie lächelte.

Ihr Herzen füllte sich mit Emotionen. *Warum hatte sie so lange gewartet, um hierher zum Reiten zu kommen?*

„Hallo, schönes Mädchen." Sie konnte die Aufregung in ihrer Stimme hören, als sie sanft mit der Stute im ersten Stall sprach. Sie ging von einem Stall zum nächsten und bekam begrüßende Stupser von den Pferden.

Die Pferde waren Leute um sich herum gewöhnt.

Sie kraulte die Stirn der schönen Fuchsstute, als das Knirschen von Stiefeln ihre Aufmerksamkeit erregte. Sie drehte sich gerade rechtzeitig um, um einen Cowboy zu sehen, der einen Heuballen tragend das Gebäude von der anderen Seite betrat.

Er blieb stehen. Es war Cam Sinclair.

„Ähm, Hallo", sagte sie und war verblüfft, ihn wiederzusehen. Auch wenn der Truck bekannt ausgesehen hatte, waren schwarze Diesel-Dodges in dieser Gegend nicht ungewöhnlich. „Ich bin überrascht, die wiederzusehen." *Eine Möglichkeit, etwas Sinnvolles zu sagen.*

Die Wahrheit war, dass dieser Cowboy bei Tageslicht umwerfend attraktiv war. Das gedämpfte Licht auf dem Parkplatz war ihm einfach nicht gerecht geworden.

Du bist an Cowboys nicht interessiert.

Fauchte die Stimme in ihrem Kopf. Nein, das war sie nicht. Sie hatte den Cowboys abgeschworen, nachdem ihr Exfreund sie im letzten Jahr hintergangen hatte.

Sie fing ihre außer Kontrolle geratenen Gedanken wieder ein. Innerhalb von etwa zwei Sekunden waren sie wie wilde Pferde mit ihr durchgegangen.

Er sah selbst überrascht aus. „Guten Morgen." Er kam auf sie zu. „Die Ställe sind geschlossen. Tut mir leid, reitest du hier?"

Enttäuschung erfüllte sie. „Nein. Wie schade! Das ist mein erster Versuch, hier zu Reiten. Ich bin nicht mehr geritten, seit ich nach Florida gezogen bin. Und aus irgendeinem Grund habe ich gestern einfach beschlossen, dass heute ein guter Tag wäre, um wieder anzufangen. Ich konnte es kaum erwarten, hierher zu kommen. Ich habe mich wirklich auf meinen ersten Ritt am Strand gefreut. Ist die Besitzerin der Ställe krank?"

Er öffnete einen Stall und ging hinein. Aus der Gewohnheit heraus, jahrelang mit dem Füttern von Tieren aufgewachsen zu sein, ging sie zur Tür und schloss sie automatisch hinter ihm. Sie wartete, während er eine Portion Heu in den Futtertrog des

Pferdes legte, und als er zurück zu ihr kam, öffnete sie ihm die Stalltür und ließ ihn durch.

Er grinste. „Es ist offensichtlich, dass du dich im Stall auskennst."

Sie lachte. „Alte Gewohnheiten wird man schwer los. Ich habe schon sehr viel Heu in sehr viele Ställe getragen."

Er ging zum nächsten Stall, sie ging neben ihm und öffnete ihm die Tür.

„Danke. Bess ist im Ruhestand." Er legte das Heu in den Trog und kam zu ihr zurück. „Ich habe das Anwesen gerade gekauft. Heute ist mein erster Tag. Dir muss das Schild entgangen sein, auf dem *geschlossen* steht."

„Ich schätze, das habe ich wohl übersehen. Du hast das Anwesen gekauft?", fragte sie, nachdem er das gerade deutlich gesagt hatte. „Ich meine, entschuldige, das geht mich nichts an. Ich habe nur gehört, dass du eine Ranch in Texas hast."

„Das habe ich. Ich lebe dort. Aber dieser Ort hat einen ideellen Wert für mich. Bess und ich wollten nicht, dass ein fremdes Unternehmen dieses Anwesen kauft. Sie hat mich gefragt, ob ich es in Betracht zöge, weil sie bereit war, in Rente zu gehen. Sie und ihre Schwester wollten anfangen, auf Reisen zu gehen. Ich wollte das Anwesen hier erhalten, daher bin ich jetzt Eigentümer eines Gestüts am Strand und einer Ranch in Texas."

Sie lächelte über die Art und Weise, wie er das sagte. „Dann wirst du jede Menge zu tun haben."

„Total." Er ging in den nächsten Stall und sie durchliefen das Prozedere, bis das Heu leer war. „Das Leben ist ein Abenteuer."

„Stimmt. Oh, diese Stute ist schwanger!"

„Ja, jederzeit könnte es soweit sein."

„Ich liebe Fohlen. Liebe es, sie direkt nach der Geburt dabei zu beobachten, wie sie auf die Beine kommen. Das ist so süß. Ich habe vielen Stuten bei der Geburt geholfen. Falls du Hilfe brauchst, sag Bescheid."

„Danke. Also, bist du mit Marcus Presley verwandt?" Er warf ihr einen Seitenblick zu. „Es geht mich nichts an, aber du hast meine Neugier geweckt."

„Ich hatte dich gerade erst kennengelernt. Aber, ja,

er ist mein Vater."

„Kein Wunder, dass du auf einer Ranch aufgewachsen bist. Er hat viel Land."

„Ja, so ist es. Hör zu, du hast viel Arbeit zu erledigen. Ich sollte gehen. Es ist aufregend, dass du dieses Anwesen gekauft hast. Ich werde gehen und dich mit dem weitermachen lassen, was du zu tun hast. Vielleicht komme ich später wieder, wenn du geöffnet hast, und kann dann am Strand reiten."

Sie ging zurück zum Ausgang und wollte nur zögerlich gehen. Cam Sinclair war erfolgreich, gutaussehend, groß, dunkelhaarig und attraktiv und hatte ein sehr verführerisches Lächeln. Und er war Single. Sie *sollte* zögern, zu gehen. Sie war eine Frau, Blut pumpte durch ihren Körper und sie war selbst Single. Sie wäre verrückt, jetzt nicht zu zögern. Außer aus dem Grund, weil ihr vor kurzem ihr Herz von einem vernichtend attraktiven Cowboy gebrochen worden war und sie das nicht noch einmal erleben wollte.

Und dass musste sie im Hinterkopf behalten.

Cam sah, wie sie ging. „Hey, ich bin dabei,

aufzusatteln und das gesamte Anwesen abzureiten. Falls du Lust hast, kannst du mitkommen."

Sie sollte gehen, aber sie wollte wirklich gern reiten. „Ich denke, das wäre großartig – falls du dir sicher bist." Sie zuckte innerlich zusammen. Sie wusste, dass sie ihren Hintern in Bewegung setzen und auf der Stelle verschwinden sollte.

Er warf ihr ein Lächeln zu und ihr Herz machte einen Extra-Hüpfer. *Verdammt noch mal.*

Er setzte seinen Hut ab, wobei dunkle, dichte Haare zum Vorschein kamen. „Ich bin mir sicher."

„Dann, okay, danke. Welches Pferd soll ich satteln?"

Cam schaute kurz zu Lana hinüber, die auf der rotbraunen Stute neben ihm ritt. Sie war eine gute Reiterin. Es war leicht zu erkennen, dass sie in einem Sattel aufgewachsen war. Er wusste nicht viel über die Presleys, außer dass ihnen eine große Ranch im mittleren Texas gehörte und sie preisgekrönte Pferde und Rinder züchteten. Vor einigen Jahren waren ein paar Unstimmigkeiten über sie in Umlauf gewesen. Er war sogar der Meinung, dass einer der Brüder womöglich mal im Knast gewesen war. Was, wenn er so darüber nachdachte, wohl der wahre Grund war, weshalb sie gestern Abend ein wenig gereizt war, als er sie nach ihrer Verwandtschaft mit den Presleys aus Texas gefragt hatte.

„Also, was meinst du?" Er sah sich an der Küste um, während sie mit den Pferden auf dem Sand ritten. Es war wundervoll und lang her, seitdem er am Strand entlang geritten war. Es hatte ihm gefehlt. Es machte einen Unterschied, über die Wiesenflächen in Texas zu reiten – was er liebte – und auf einem tropischen Strand zu reiten, was auf eine andere Art entspannend und befriedigend war.

„Es ist wunderschön."

Ihre mit Ehrfurcht erfüllte Stimme zog seinen Blick auf sie. Ihre smaragdgrünen Augen funkelten im Sonnenlicht. Sie schob sich eine dunkle Haarsträhne hinter das Ohr, während sie den Horizont und die topasfarbenen, hereinrollenden Wellen betrachtete.

„Das ist das Leben."

„Ja, ist es. Ich hatte vergessen, wie es sich anfühlt, über den Strand zu reiten."

„Warum bist du dann vom Strand weggezogen?", fragte sie. „Von dem, was ich gehört habe – ja, ich habe eine paar Gerüchte über dich gehört", sagte sie, als er ihr einen skeptischen Blick zuwarf. „Ich habe gehört, dass du hier weggezogen und eine Ranch in Texas gekauft hast, als du noch sehr jung warst."

„Ich war 22. Vor fast elf Jahren. Ich habe das Grundstück gefunden, verhandelt und einen großartigen Verkaufsabschluss auf einem schlechten Markt gemacht. Über die Jahre habe ich so viel Land ringsherum gekauft, wie ich in die Finger kriegen konnte, hier und da was hinzugefügt bis ich jetzt ein Anwesen von netter Größe über drei Landkreise verteilt habe. Ich bin stolz auf meine Ranch."

„Warum Texas? Es gibt viele Ranches in Florida. Warum hast du nicht hier eine gekauft?"

Die sanften Schaukelbewegungen des Pferdes, als es über den dichten, weißen Sand trabte, ließen die Zeit langsamer vergehen. Seine Gedanken kehrten zurück zu dem Moment, als er wusste, dass es Zeit war, diese

Richtung einzuschlagen. „Ich weiß nicht. Ich wurde mit der Liebe zu Westernfilmen geboren und ich schätze, Texas hat einfach nach mir gerufen. Ich wollte mein ganzes Leben dort verbringen. Ich war nur ein paar tausend Kilometer davon entfernt."

Sie lachte. „Stimmt. Hast du versucht, deine Eltern dazu zu überreden, dorthin zu ziehen?"

„Ja, habe ich. Aber da das nicht infrage kam, haben sie mich zum Reitunterricht geschickt."

„Schön. Meine Brüder lieben Texas und ich glaube nicht, dass man sie dort weglocken könnte. Sie wurden dort geboren, es liegt in ihren Genen."

Er warf ihr einen flüchtigen Blick zu. „Also warum bist du hier? Ein texanisches Mädel auf einer Insel vor der Küste Floridas, die nach einem Pferdestall suchen muss, um ein wenig reiten zu können?"

Sie zögerte. „Dafür gibt es viele Gründe. Der Job. Ich wollte Neues sehen. Ich liebe Strände."

„Aber da gibt es mehr", sagte er.

„Du bist sehr scharfsinnig", sagte sie in einem rauen texanischen Akzent.

„Nein, nur mein Bauchgefühl sagt mir, dass da mehr ist."

„Familie – die Art von Männern, Brüder und Vater, die sich in alles einmischen. Ich liebe sie sehr, aber ein Mädchen kann nur eine bestimmte Menge an Einmischungen im Leben ertragen." Sie verzog vielsagend das Gesicht.

Sie war witzig. „Ich kenne dich erst seit ein paar Stunden und weiß, dass du deine Angelegenheiten allein regeln kannst. Du hättest deinen Brüdern gesagt, sie sollen von einem Dach springen. Und deinen Vater hättest du auf nette Weise auch gesagt, dass er sich raushalten soll. Nein, dafür, dass du deine Familie, deinen Staat und deine Pferde hinter dir gelassen hast, muss es mehr geben."

Sie starrte ihn an. „Du glaubst, du weißt alles."

Er grinste. „Also, was war es? Eine schlimme Trennung?"

„Ja. Tatsächlich. Ich war sitzengelassen worden und ich hatte es satt, meinen Exfreund mit meiner besten Freundin durch die Stadt stolzieren zu sehen. Sie sind mir einfach überall über den Weg gelaufen.

Kleinstädte sind für sowas berühmt-berüchtigt."

„Es hat dich also ziemlich verletzt, sie zusammen zu sehen? Ich bin mir sicher, das war hart. Aber wenn sie sich so verhalten, dann bist du ohne die beiden besser dran."

„Es war nervenaufreibend. Wenn ich eine Sache nicht leiden kann, dann hintergangen zu werden. Und ich bin schnell aufbrausend und nachtragend, vielleicht ist das eine texanische Eigenheit, aber ich habe mich noch nie gern benutzen lassen. Auch bin ich ungern sehr, sehr wütend. Und wenn ich durch die Straßen meiner Heimatstadt gegangen bin, habe ich mich jedes Mal wahnsinnig aufgeregt, wenn ich meinen Ex und meine beste Freundin ganz kitschig-romantisch gesehen habe. Und damit bin ich zum Gesprächsthema der Stadt geworden. Ich war so wütend. Ich glaube, das war nicht sehr vorteilhaft für eine Grundschullehrerin." Sie atmete tief durch und begann dann erneut. „Da war das dringende Verlangen, zu ihnen zu gehen und ihnen ein Bein zu stellen oder etwas Abfälliges zu sagen und sie spüren zu lassen, dass mich die ganze Sache wirklich getroffen hat. Es war immer da. Mich schlecht zu verhalten, war nichts, was ich tun wollte.… nicht wegen ihm. Ich lief Gefahr, genau das zu tun. Und das hätte mich nur vor der ganzen Stadt peinlich dastehen lassen. Deswegen bin ich gegangen."

Ungläubig lachte er erneut. „Du hast dich von ihnen aus der Stadt jagen lassen?"

Sie runzelte die Stirn. „Meine Brüder und mein Dad haben es auch nicht verstanden und dasselbe gesagt. Sie haben mir ihre Meinung laut und deutlich zu verstehen gegeben. Nein, ich bin gegangen, weil ich mein eigenes Dinge machen wollte. Und hier bin ich nun und reite über den wunderschönen Strand mit einer leichten Brise in meinem Haar und einem attraktiven Cowboy an meiner Seite. Was soll man hier nicht mögen? Oh, und hier gibt es keinen Exfreund und keine lausige Ex-Beste-Freundin."

Cams Sattel knarrte, als er sich umdrehte, um sie direkt anzusehen. Er war sich nicht ganz sicher, was er über Lana Presley denken sollte, außer dass er sie mochte. „Ich mag deine Ehrlichkeit." Und er hatte das Gefühl, dass ihr Ex eines Tages bereuen würde, was er getan hatte.

„Oh, lass dir den attraktiver-Cowboy-Teil nicht zu Kopf steigen", warnte sie mit funkelnden Augen. „Diese Bemerkung hatte keine tiefere Bedeutung."

„Mein Ego verletzen, das tust du. Einen Moment lang habe ich dort gehofft, du würdest mich für unwiderstehlich halten", neckte er. „Ich glaube, dein Exfreund wird eines Tages wirklich bereuen, was er getan hat. Das ist sein Verlust und das meine ich so, wie ich es sage."

Sie musterte ihn und dann klickten ihre Fersen leise, um das Pferd in Bewegung zu setzen. Cam tat dasselbe. „Danke", sagte sie. „Ich bin über ihn hinweg. Aber ich bin nicht über die Tatsache hinweg, dass ich ein paar Jahre meines Lebens für dieses Stück Dreck verschwendet habe. Jetzt finde ich meinen eigenen Weg. Und ich habe vorerst nicht vor, mein Herz aufs Spiel zu setzen. Es waren viele rastlose Monate. Ich will das für lange Zeit nicht wiederholen."

„Ich finde es interessant, dass du glaubst, du würdest das erneut tun. Ich habe das Gefühl, dass das ein Fehler ist, den du nie wieder begehen wirst. Wenn du dich für Dates verabredest, wirst du schnell merken, ob der Typ zuverlässig ist. Du wirst nicht riskieren, deine Zeit mit einem Typen zu verschwenden, der es nicht wert ist."

„Ach, das sagt sich so leicht, aber zu wissen, wer das ist und wer nicht, ist schwierig." Sie ließ ihren Blick kurz zu ihm schweifen und nickte. „Dennoch hast du es auf den Punkt gebracht, ganz egal, wie schwer es ist."

Cam konnte nicht anders und grinste. „Ich muss dir sagen, dass das ein interessanter Ausritt war. Du bist eingeladen, wann immer du willst hierher zu kommen und zu reiten."

Sie zwinkerte ihm zu. „Oh, danke! Das werde ich womöglich. Aber das ist das letzte Mal, dass ich über meine Vergangenheit sprechen werde. Ich bin zum Reiten hierhergekommen, um meinen Kopf frei zu bekommen. Nicht um meine schmutzige Vergangenheit erneut zu durchleben."

„Ich werde nicht nachbohren, also keine Sorge."

„Also, wie steht es mit dir? Du bist 32 oder 33, Single und du scheinst meine schlechte Beziehungsvergangenheit zu verstehen wie ein Mann, dies persönlich zu kennen scheint. Was war bei dir?"

„Nicht das, was du denkst. Ich hatte meinen Anteil an schrecklichen Beziehungen, aber ich hatte keine ernsthafte Beziehung. Du vergisst, dass ich vier Schwestern habe. Und vier Brüder. Ich habe das unzählige Male durchgemacht."

„Oh, stimmt, das hast du ganz sicher." Sie lächelte zwinkernd. „Vier Schwestern."

Er lächelte. Sie war die Art von Frau, die sagte, wie die Dinge tatsächlich waren. Und er hatte das Gefühl, dass wenn sie sich verliebte, der arme Kerl alle Hände voll zu tun hatte.

KAPITEL DREI

Lana konnte nicht fassen, dass sie Cam von ihrem erbärmlichen Liebesleben erzählt hatte. Sie hatte nicht einmal Jessica erzählt, dass sie zum Teil auch war wegen einer gescheiterten Beziehung hergezogen war. Es war peinlich. Aus irgendeinem merkwürdigen und verrückten Grund hatte sie ihm – praktisch einem Fremden – einfach von ihren Privatangelegenheiten erzählt.

Es war an der Zeit, das Thema zu wechseln. „Dieser Ort ist wirklich schön. Ich kann total verstehen, warum du das Anwesen gekauft hast.“

Er blickte in Richtung der Bäume und Wege, die sich in dieser tropischen Umgebung schlängelten. Es war nicht die übliche texanisches Landschaft mit Eichen und Mesquitebäumen. Stattdessen waren es blühende Bäume und Palmen, und die immerwachsende Bodenpflanze des Strandes in ihrer vollen Pracht mit ihren offenen Lavendelblüten.

„Wir werden abbiegen, dort durch reiten und der Umgrenzungslinie folgen müssen. Ich gehe voran; es ist ein einspuriger Weg. Dieser Ort hat mir viel bedeutet, als ich ein Kind war." Er zog an den Zügeln, sodass sein Pferd langsamer wurde. Sie tat dasselbe, als neben ihr eine Welle auf einen Fels traf und die Gischt sie bespritzte.

Sie lachte. „Nun, das ist anders als ein Pferd in Texas zu reiten."

Cam lachte ebenfalls. „Brauchst du ein Handtuch?"

Sich ihr feuchtes Haar aus dem Gesicht streichend lachte sie erneut. „Nein, es ist ganz toll, ich mag es! Danke, dass du mich mitgenommen hast."

Er sah sie abschätzend an. „Komm!", sagte er

plötzlich und bevor sie wusste, was er tat, ließ er sein Pferd den Strand entlang galoppieren.

„Ja!" rief Lana und ließ ihr Pferd ihm nachpreschen. Er schaute kurz über seine Schulter; sein fröhliches Gesicht entsprach dem, was sie fühlte. Sie genoss die salzige Luft, die Wärme der aufgehenden Sonne und das Gefühl des Pferdes, wie es über festen, nassen Sand galoppierte. Und ein gutaussehender Cowboy, der sie herausfordernd anlächelte, ihn einzuholen.

Sie trieb die Stute an, schneller zu galoppieren, und lehnte sich nach vorn, als sie ihn einholte. „Das ist fantastisch!"

„Ich dachte mir, dass es dir gefallen würde."

„Ja, tut es." Er ritt neben ihr die unberührte Küstenlinie entlang und dann wurden sie in Richtung einer Anhöhe langsamer. Beide lächelten angesichts des schönen Ausritts.

„Das war fantastisch."

„Ich stimme dir vollkommen zu. Ich hatte vergessen, wie viel Spaß es macht, über den Strand zu reiten."

„Und du musstest dabei keine Kuh einfangen." Sie kicherte und genoss seinen verdutzten Gesichtsausdruck.

Mehr als sie wollte.

Wenig später kamen sie zu den Bäumen, um die Ausstattung des Grundstückes zu prüfen.

„Du sagtest, du wurdest von klein auf von Bess unterrichtet. Wie kam es dazu? Hast du deine Eltern in den Wahnsinn getrieben, weil du unbedingt nach Texas ziehen wolltest?"

„Das habe ich. Ich war gerade fünf. Mein Mom hörte schließlich von dem Gestüt und hat mich zu meinem sechsten Geburtstag für Reitstunden angemeldet. Ich war sofort in meinem Element. Meine Mom und mein Dad haben mich einfach weiter zu Stunden angemeldet. Als ich alt genug war, bin ich hergekommen, um Bess zu helfen. Ich war zunächst ihr Stalljunge, habe die Ställe ausgemistet, die Pferde gefüttert und sie dann für die Touristen gesattelt. Dann bin ich quasi befördert worden und habe das Reiten geleitet. Ich habe auch im Resort gearbeitet, wie der Rest meiner Familie. Aber alle wussten, dass ich nicht in das Resort einsteigen würde. Keiner der Jungs hat das getan. Ich bin froh, dass meine Schwestern es übernehmen wollten, als meine Eltern in Rente gingen.“

Er ging voran in die Bäume. Während sie folgte, ertappte sie sich dabei, wie sie den starken, geraden Rücken eines Mannes betrachtete, der wusste, wie man ritt. Er hielt sich gut auf dem Pferd und sie war von ihm fasziniert. Sie war sich nicht sicher, wie er dieses Anwesen und seine Ranch in Texas managen würde, wenn er hier keinen fand, der ihm dabei half.

„Wie viele Hektar hat das Grundstück?“, fragte sie.

„Es sind 25. Nicht viel im Vergleich zu texanischen Standards, aber für ein Grundstück mit Strandlage kostet es fast genauso viel.“

„Ich wette, dass es das tut.“ Dort waren Wege überall durch die Palmen und das grüne Blattwerk. Dennoch war es unberührt und ursprünglich.

„Wirst du das Land schließlich verkaufen?“, fragte

sie.

„Dieses Land wird nicht zum Verkauf stehen. Ich verbinde das hier mit meiner Vergangenheit, die ich irgendwann für meine Kinder bewahren möchte."

Lana gefiel das. Ihre Vergangenheit war tief in Texas verwurzelt und ihr Dad hatte viel dafür getan, ihr Erbe dort zu bewahren. Ihre Vorfahren hatten ihre Ansprüche zunächst auf zwei tausend Hektar erhoben und das war über die Jahre gewachsen. Ihr Dad hatte vor, das Land nie zu verkaufen. Es war noch immer eine funktionierende Rinderfarm, die es geschafft hatte, zu überleben. Öl hatte der Ranch geholfen, erfolgreich zu sein, während andere Rancher Schwierigkeiten hatten. Und ihr Dad hatte hart gearbeitet, genau wie sein Vater und Großvater.

„Du bist ziemlich still dahinten", stellte Cam fest und warf ihr einen Blick zu.

„Ich denke nur an Wurzeln. Ich habe sie in Texas und dennoch bin ich hier. Mir gefällt, zu wissen, woher ich komme. Ich verstehe, wie du für diesen Ort empfindest."

„Ich dachte mir, dass du das verstehst."

Als sie wieder bei den Ställen ankamen, stieg sie von ihrem Pferd und führte es zurück in den Stall. „Ich werde mein Pferd striegeln."

„Das musst du nicht. Ich kann das für dich machen."

„Mein Dad würde sich für mich schämen, wenn ich es nicht selbst tue. Außerdem ist das Striegeln des Pferdes Teil des ganzen Erlebnisses."

„Dann lass dich nicht aufhalten." Er sah sie mit zusammengekniffenen Augen an. „Du hast also wirklich kein Date für heute Abend?"

Es gab ihr ein besseres Gefühl, dass sein Gesichtsausdruck ungläubig war.

„Doch, das habe ich." Während sie sprach, öffnete sie den Sattel, zog ihn vom Pferd und trug ihn zum Sattelregal.

„Aber du sagtest gestern, du hättest bei der Auktion kein Date bekommen."

Sie legte ihre Hände in die Hüften. „Vielleicht habe eines über andere Wege bekommen und nicht nur, indem ich eines bei einer Junggesellenauktion ersteigere."

Er sah peinlich berührt aus. „Ja, das hättest du definitiv."

„Hab ich aber nicht. Ich habe ein Date mit einer großen Packung Godiva und einem Film, um mein Single-Dasein zu feiern. Letztes Jahr zu dieser Zeit war ich fuchsteufelswild und habe einen gewissen Cowboy als Zielscheibe benutzt, um Schokobons darauf zu werfen – ich habe sogar ein paar Mal Bulls Eye getroffen... Dieses Jahr werde ich sie essen und genießen."

Er warf seinen Kopf zurück und lachte. „Ich hätte dafür bezahlt, das zu sehen."

„Na ja, lass es mich so sagen, ich wünschte, ich hätte Eintritt verlangt, als er es wagte, seinen Fuß auf meine Veranda zu setzen, nachdem ich ihm beim Betrügen erwischt hatte. Mit Schokolade überzogene Kirschen eignen sich hervorragend für Zielübungen. Beim Aufprall machen sie ein liebreizendes Platschgeräusch und die braunen und roten Flecken auf einem weißen Hemd sind Kunst vom Feinsten."

Seine Augen weiteten sich so sehr wie sein Grinsen. „Ich dachte, du hättest gesagt, du wolltest so etwas nicht tun.“

„Trauriger Weise war es das, was ich an dem Abend getan habe, als ich die Wahrheit herausfand. Das war peinlich genug und schwer, Gras darüber wachsen zu lassen. Mehr wollte ich nicht tun.“

„Er hatte es verdient und es waren Kirschen, keine Steine.“

„Ja, aber würdest du wollen, dass deine Kinder von einer Lehrerin unterrichtet werden, die die Kontrolle verliert und so etwas tut? Gerüchte verbreiten sich wie Lauffeuer. Die sozialen Medien sind schrecklich. Ich war gesegnet, dass das nicht die Runde gemacht hat.“ Und das war die Wahrheit.

„Ich verstehe. Und ich glaube, du hast gut daran getan, dich von irgendeinem anderen Gegenschlag fernzuhalten. Aber dennoch hat er dich mit deiner besten Freundin betrogen. Mit Schokolade überzogene Kirschen sind eine milde Strafe, wenn du mich fragst. Was haben dein Dad und deine Brüder unternommen?“

„Oh, sie wollten jede Menge tun, aber das war es nicht wert. Ich vermute, dass sie ihn gewarnt haben, sich nochmal bei mir blicken zu lassen, weil er keine

Strafanzeige erstattet hat."

„Zumindest das ist gut." Er schaute finster drein und ging dann sein Pferd absatteln.

Einige Minuten später brachte er sie zu ihrem Truck. Sie hatten eine Freundschaft begonnen, die für sie sowohl beunruhigend als auch gut war. Sie hatte Gespräche mit einem Mann vermisst. Es war einfach ein wenig anders als mit Freundinnen zu reden. Dennoch war die Anziehung, die sie empfand, nicht zu bestreiten und sie spielte mit dem Feuer. Sie würde *nicht* mit einem Cowboy ausgehen, das war ihre feste Absicht.

„Wir sehen uns später. Es war ganz toll." Sie kletterte in ihren Truck. Ihr Puls raste gefährlich, als sie ihn durch das offene Fenster ansah.

„Komm später in der Woche mal vorbei", lud er sie ein, als sie den Motor startete.

„Ich werde womöglich –" Ihre Worte wurden unterbrochen, als die Batterie gerade klickte.

Er musterte sie skeptisch. „Du hast keine neue Batterie besorgt?"

Sie schlug aufs Lenkrad. „Nein. Ich wollte zuerst

reiten und anschließend eine besorgen", sagte sie peinlich berührt.

„Komm, lass uns gehen." Er ging davon.

Sie kletterte aus ihrem Truck. „Wo gehst du hin?"

„Ich bringe dich in die Stadt, um eine Batterie zu holen, und dann baue ich sie ein."

Sie blieb stehen. „Auf gar keinen Fall. Ich werde nicht zulassen, dass du deine Zeit deswegen verschwendest. Falls du mir nur Starthilfe geben könntest…"

„Nein. Wir holen eine Batterie."

„Hör zu, warte. Ich werde nicht deine Zeit verschwenden –"

Er schaute unbeeindruckt. „Hör auf, zu streiten. Ich würde meine Zeit verschwenden, wenn ich diese Batterie lade. Außerdem bin ich hungrig und habe hier nichts zu essen. Ich werde dich zum Mittagessen einladen."

Sie runzelte die Stirn und dann knurrte ihr Magen laut, als würde er sie ermutigen, zuzustimmen. „Okay, dann lass uns das machen. Aber das liegt wirklich nicht in deiner Verantwortung."

Er ging mit großen Schritten zu seinem Truck und sie folgte ihm. Sie stiegen in die Fahrerkabine.

„Ich verstehe das. Das hast du klar gestellt. Wir besorgen dir einfach nur eine Batterie und du wirst mitkommen, während ich mir etwas zu essen hole und womöglich willst du auch was. Dann werden wir diese Batterie schnell in deinen Truck einbauen, du kannst nach Hause fahren wo du deine Schokolade und einen einsamen Abend genießen wirst."

Der Mann war lustig. Er machte sich auf neckende Weise über sie lustig. „Danke", murmelte sie. „Wenn du das sagst, klingt das schrecklich."

Er lachte. „Nun ja. Ich werde hier sein, Kaffee trinken und meine Grenzlinie entlanggehen. Ich werde mir womöglich etwas von der Schokolade besorgen, von der du gesprochen hast, und dann werde ich genauso viel Spaß haben wie du." Er grinste. „Aber wir sind frei."

Jetzt war sie an der Reihe zu lachen. „Ja, sind wir."

Das war definitiv nicht der Morgen gewesen, den sie erwartet hatte, als sie heute zum Reiten gekommen war. Sie hatte eine gute Zeit mit ihm, ob es ihr gefiel oder nicht, das war eine Tatsache. Aber heute Abend machte sie genau das, was sie geplant hatte: Schokolade essen und ihr Single-Dasein feiern. Und das Fiasko vom letzten Valentinstag vergessen. Sie lächelte und kurbelte ihr Fenster runter, um die salzige Luft herein zu lassen.

„Wenn dein Ex dieses Funkeln in deinen Augen sehen könnte, garantiere ich dir, dass es ihm Leid täte."

„Aber mir nicht. Daher ist alles gut." *Und du wirst mit einem sehr attraktiven Cowboy Mittag essen, sei vorsichtig.* Die lästige Stimme in ihrem Kopf mahnte, dass sie noch nicht bereit war für Verabredungen und dass diese niemals mit einem Cowboy stattfinden würden.

KAPITEL VIER

Dreißig Minuten später legte Cam die neue Batterie hinten in den Truck und sie stiegen zurück in die Fahrerkabine. „Siehst du, tat gar nicht weh."

„Reib es mir nicht rein. Ich weiß, dass ich das bereits hätte tun sollen."

„Ich kann nicht anders."

Sie schüttelte nur mit dem Kopf. Der Mann war unterhaltsam. Und er hatte einen trockenen Humor, der irgendwie dem ihrer Brüder ähnelte. Allerdings fand sie Cam witzig, während die Scherze ihrer Brüder ihr oftmals an die Substanz gingen. Es war irgendwie merkwürdig, dass sie so dachte.

„Die Straße entlang gibt es ein kleines Strandrestaurant, das großartige Fisch-Tacos und sogar einen tollen Burger macht. Wie klingt das zum Mittag?"

„Von mir aus gern. Klingt viel besser als das Schinkenbrot, das ich gegessen hätte, wenn ich nach Hause gekommen wäre."

„Dann wird es Paradise Grill."

Zwei Minuten später fuhr er auf den Parkplatz eines blassblauen Gebäudes aus Holz mit einem Strohdach und offenen Türen. Die Böden waren aus Holz und die Deckenventilatoren über ihnen ließen die Luft zirkulieren. Die Tische und Sitznischen waren im Raum verteilt mit einer Bar in der Mitte des Raumes. Hier war viel los zur Mittagszeit. Die Rückseite des Gebäudes war offen und man sah den Strand. Cam führte sie hinaus auf die Terrasse mit Blick auf den Strandbereich.

„Magst du das hier? Wir können drin essen, wenn dir das lieber ist."

Möwen kreischten in der Ferne und es gab Schilder, die davor warnten, die Vögel zu füttern. Eine gute Idee, um so die gierigen Vögel auf Abstand zu halten. „Oh nein. Ich bin wahnsinnig gern am Strand. Ich scheine nicht genug davon zu bekommen."

Sie war noch nie hier gewesen, aber ihr war bereits klar, dass sie wiederkommen würde. Sie hatte erwartet, dass sie sich einfach einen Burger bei einem Fastfood-Restaurant holen würden, daher war der Paradise Grill eine angenehme Überraschung. Cam schien dennoch keinerlei Eile zu haben. Und das war etwas, das sie ebenfalls nicht erwartet hatte. Er hatte viel zu tun und das wusste sie. Dennoch hatte er sich die Zeit genommen, ihr mit der Batterie zu helfen und schien nun auch noch alle Zeit der Welt für das Mittagessen zu haben. Zusammen mit ihr.

Mehrere Tische waren besetzt und Cam sah sich um, ob er jemanden kannte oder ob der Besitzer, Bert Zane, da war. Er und Bert waren gemeinsam zur Schule gegangen und als er dieses Lokal vor einigen Jahren eröffnet hatte, war es schnell zu einem beliebten Treffpunkt geworden.

„Hey Sinclair." Bert kam aus dem Restaurant. Er streckte seine Hand aus, Cam stand auf und schüttelte sie. „Ich hab dich von der Küche aus gesehen, aber habe gerade Holz nachgelegt, daher konnte ich nicht eher herauskommen. Wie läuft's? Scheint, wir sehen dich in letzter Zeit häufiger."

„Deine leckeren Burger und die fantastischen Fisch-Tacos lassen mich immer wieder zurückkommen. Ich scheine nicht ohne sie auszukommen."

Bert lachte. Er war ein großer Kerl, mindestens 1,90 Meter, und war während der High School und im College Linebacker gewesen. Jetzt war er sein eigener Türsteher, sollten im Restaurant Dinge außer Kontrolle geraten. Aber Cam und alle anderen Freunde wussten, dass der Mann ein Herz aus Gold hatte.

„Deine Familie ist mir sicher dankbar, dass ich dich regelmäßig zurück in die Stadt locke."

Sie lachten und Cam schaute zu Lana. „Das ist Lana Presley. Sie ist neu in der Stadt und kennt dein Restaurant noch nicht."

Bert streckte eine Hand aus. „Willkommen. Ich werde dir einen Hula-Kuchen bringen, wenn ihr mit eurem Essen fertig seid. Der geht aufs Haus. Mein Willkommensgeschenk an dich."

„Ich liebe deinen Laden. Freut mich, dich kennenzulernen. Und Hula-Kuchen klingt interessant. Was ist das?"

Cam lächelte Lana an. „Du wirst ihn unwiderstehlich finden. Lana ist Lehrerin unten in der Grundschule. Erste Klasse, glaube ich, richtig?" Sie nickte. „Sie ist heute für einen Ritt zu meinem neuen Gestüt rausgefahren."

Bert sah ihn mit zusammengekniffenen Augen an. „*Dein* Gestüt? Was habe ich in dieser Unterhaltung verpasst?"

Cam lachte. „Ich habe es nicht einmal meiner Familie erzählt, geschweige denn, irgendwem sonst. Ich werde es heute Nachmittag allen sagen. Ich habe das Anwesen von Bess gekauft. Du wirst mich nun also häufiger sehen.“

„Das gibt's doch nicht“, sagte Bert. „Du ziehst wieder her?“

„Nein, hab nur das Anwesen gekauft. Ich werde einen Manager beschäftigen.“

„Das ist großartig, Mann. Ich habe mich gefragt, was mit dem Ding los ist. Ich habe gehört, dass Bess die Stadt verlassen hat, um mit ihrer Schwester auf Kreuzfahrt zu gehen. Aber ich dachte, sie hat den Laden einfach dicht gemacht. Jetzt verstehe ich es. Das ist gut. Deine Mom wird begeistert sein.“

„Ja, das wird sie. Aber ich werde noch immer den Großteil der Zeit in Texas verbringen.“

„Ich bin sicher, sie nimmt, was immer sie kriegen kann. Okay, ich lass euch zwei wieder in Ruhe. Was kann ich euch zum Mittag bringen?“

„Die Fisch-Tacos“, sagte Cam und Lana stimmte zu. Nachdem Bert weg war, richtete Cam seinen Blick auf Lana. „Sorry wegen der Unterbrechung. Bert ist ein toller Kerl.“

„Ja, so scheint es. Ihr kennt euch schon lange?"

„Seit der High School. Wir haben zusammen Football gespielt."

Sie lächelte und Cam fühlte sich zu allem an Lana hingezogen. Vor allem zu dem Funkeln in ihren Augen, wenn sie lächelte. „Ich wette, ihr hattet ein Footballteam, genau wie meine Brüder. Bei fünf Brüdern in ähnlichem Alter habt ihr wahrscheinlich die Linie gefüllt."

„Es gab einige Jahre, in denen das tatsächlich der Fall war. Bert war gut in der vordersten Reihe. Wir waren über die Jahre ziemlich erfolgreich. Aber vor allem hat es uns zusammengeschweißt. Das Team kommt gern zusammen, wenn wir es alle schaffen. Wir haben unsere eigenen Wiedersehenstreffen. Für gewöhnlich hier."

„Das klingt nach jeder Menge Spaß."

„Ist es auch." Er war allerdings weniger daran interessiert, über seine Vergangenheit zu sprechen. Er wollte mehr über sie erfahren. Und es war sehr lange her, dass er bei einer Frau so neugierig war. Aber Lana

Presley hatte seine Aufmerksamkeit erregt. Seine volle Aufmerksamkeit.

Lana musterte Cam, wie er ihr gegenüber auf der Terrasse saß. Sie hatte gerade die leckersten Fisch-Tacos ihres Lebens gegessen, jetzt wartete sie auf ihren versprochenen Hula-Kuchen. Cam sah entspannt aus, bis auf die Tatsache, dass er ein T-Shirt, Jeans und Stiefel trug statt Shorts und Flip-Flops, wie die meisten Männer, die in der Strandbar waren. Sie trug ebenfalls Stiefel, daher war es nicht so, dass er irgendwie anders als sie gekleidet war. Es war… was?

Es war die Tatsache, dass er hier nicht reinpasste. Er war hier geboren und aufgewachsen, aber er sah aus als würde er auf eine Ranch gehören. Und ihr Herz schlug bei diesem Gedanken gefährlich schnell. Ihre Blicke trafen sich. Er neigte leicht seinen Kopf und sah zum Dahinschmelzen aus.

„Worin bist du so tief in Gedanken versunken? Sollte ich mir Sorgen machen?" Er warf ihr ein charmantes, verführerisches Lächeln zu.

„Oh, mir kam der Gedanken, dass du wirklich nicht in diese Strand-Touristen-Szenerie passt. Ich würde nie vermuten, dass du hier aufgewachsen bist."

„Glaub es oder nicht, aber ich kann mich anpassen. Ich bin wie ein Chamäleon."

Sie lachte. „Du bist ein Comedian, *das* glaube ich."

„Jetzt kennst du also mein Geheimnis. In meiner Freizeit trete ich auf Bühnen auf."

„Bitte schön." Bert unterbrach plötzlich ihre Unterhaltung und stellte ein riesiges Stück Eiscremetorte mit Sahne und Schokosoße zwischen sie. Auf dem Teller waren zwei Löffel. „Genießt den Hula-Kuchen für zwei."

Ihr lief das Wasser im Mund zusammen, es sah einfach köstlich aus. „Danke dir. Du hast gerade besiegelt, dass ich ab sofort mindestens einmal pro Woche hier esse. Könnte ich noch häufiger, aber meine Hüften würden mich dafür hassen."

„Deine Hüften sehen gut aus, also aufessen." Bert

zwinkerte und ging dann weg.

„Ich finde, Bert hat Recht. Du siehst toll aus. Lass es dir schmecken." Er nahm einen Löffel und wartete darauf, dass sie dasselbe tat. „Ladies first."

Sie aßen ein Dessert zusammen. Das war eher wie etwas, das man bei einem Date tun würde, und das hier war kein Date, aber was soll's. Sie tauchte ihren Löffeln in die himmlische Kreation, bereit, sie zu probieren, und sich nicht länger unnötige Gedanken zu machen. Es war reichhaltig und cremig. Vanilleeis auf Keksboden, Sahne und dazu Schokoladensprenkel. Cam zögerte, während sie den Happen nahm. Als der süße Geschmack ihre Geschmacksknospen traf, seufzte sie und deutete mit ihrem Löffel auf das Dessert. „Du meine Güte. Ach du lieber Gott.", murmelte sie, während die süße Vanille und Schokolade in ihrem Mund schmolzen.

Sie bemerkte, dass er lächelte und noch immer nichts aß.

„Du verpasst was. Warum isst du nichts?"

Seine Augenbrauen zuckten und seine Stirn

runzelte sich unter seinem Cowboyhut. „Ich glaube nicht, dass ich jemals jemanden gesehen habe, der es so genossen hat."

Sie kicherten beide. Es schien, das sie das heute oft taten. Es fühlte sich toll an. „Iss. Greif zu oder ich esse alles allein."

Seine Lippen zuckten nach oben, als er seinen Löffel eintauchte und es ihr gleich tat.

Später stieg sie bei den Ställen in ihren Truck – dank ihm mit neu installierter Batterie – und hob zum Abschied eine Hand. „Ich muss mich bei dir für den morgendlichen Reitausflug und das Einbauen der Batterie bedanken. Aber vor allem für den Kuchen. *Ein-fach köst-lich!*"

„Freut mich, dass es ein schöner Tag war. Hat mir Spaß gemacht. Bemerkenswert, welchen Unterschied ein Jahr im Leben ausmachen kann, nicht wahr? Ich hoffe, du hast einen tollen Abend. Bis später."

Sie dachte darüber nach, als sie die Zufahrt hinaus

fuhr. Sie würde nach Hause gehen, um ihre Schokolade zu essen und den Abend des Valentinstags allein zu genießen. Aber was letztes Jahr ein schrecklicher Tag gewesen war, war dieses Jahr ein großartiger Tag. Und das hatte viel mit Cam Sinclair zu tun.

Natürlich nicht aus romantischen Gründen, korrigierte sie sich selbst. Er war heute einfach ein Freund gewesen. Doch als sie sich mit einer kleinen Schachtel Pralinen auf die Couch setzte und eine romantische Komödie anschaltete, konnte sie nicht anders als sich zu fragen, was er gerade tat.

Sie schob den Gedanken direkt beiseite und stellte die Lautstärke des Films höher. Dreißig Minuten später schaltete sie den Film schließlich uninteressiert und rastlos aus. Sie klappte die Pralinenschachtel zu und ging in das kleine, zweite Schlafzimmer des Hauses, das sie gemietet hatte. Sie schaltete das Licht ein und betrachtete die unfertige Malerei auf der Staffelei. Ihre Gedanken wirbelten durcheinander und sie trat zur Staffelei. *Es war ein guter Abend, um zu malen.*

Ihre Bilder waren in diesem Raum, den sie als

Atelier verwendete, aufgestellt. Aber sie waren seit Wochen unberührt, weil sie eine kreative Blockade verspürte hatte. Sie ging hinüber und starrte auf die Strandszene. Etwas hatte gefehlt und sie war einfach nicht in der Lage gewesen, herauszufinden, was es war. Jetzt ließ sie sich auf den Hocker sinken, während sie einen Pinsel herausnahm. Sie öffnete ein paar verschiedene Tuben Ölfarbe und drückte sie auf die Palette. Und dann begann sie, das Pferd zu malen, das, wie ihr plötzlich klar wurde, in der Szene fehlte.

Sie lächelte, während ihre Pinselstriche es formten. Das Pferd rannte, die Mähne flatterte im Wind, Sand und Gischt von den Wellen zeigten Bewegung an jeder seiner Hufe.

Nach einer intensiven Stunde des Malens lehnte sie sich zurück und betrachtete ihre Kreation. Es war gut. Und das Bild hatte die ganze Zeit dort gestanden und darauf gewartet, dass das Pferd in der Szene seinen Platz fand.

Sie hatte sich bemüht, etwas anderes zu erschaffen als das, was sie immer gern gemalt hatte, und das waren Pferde. Aber der Grund dafür war, dass sie mit dem Wunsch hierhergekommen war, mit ihren Wurzeln in Texas zu brechen. Ihre Trennung hatte einfach an ihrer Seele gezerrt und sie hatte versucht, ihr bisheriges Leben zu verleugnen. Aber jetzt schien ihr das einfach lächerlich. Wenn sie ein Pferd malen wollte, dann würde sie das. Sie hatte es getan. Und es gefiel ihr.

Zeit.

Für diese Einsicht hatte es ein Jahr gebrauch. Oder hatte es nur 24 Stunden gedauert, von dem Moment an, in dem sie Cam Sinclair das erste Mal getroffen hatte?

KAPITEL FÜNF

Am Montag betrat Lana das Klassenzimmer und fand eine grinsende Jessica und einen strahlenden Kevin.

„Miss Presley, Miss Presley, Levi wird mein Daddy", rief Kevin, wobei er von dem Tisch aufsah, an dem er ein Bild malte. Sie waren häufig nur zu dritt im Klassenzimmer, bevor die anderen Schüler eintrafen, und es war nicht ungewöhnlich, dass Kevin etwas malte, um sich die Zeit zu vertreiben. Aber heute hielt er ein Bild hoch und rannte zu ihr. „Schau, ich male ein Bild. Das sind ich, meine Mom, Levi und dort sind unsere Hunde Jaco und Roscoe. Wir sind eine Familie."

Ihr Herz tanzte vor Freude für den kleinen Kevin. Sie warf Jessica, die knallrot geworden war, einen kurzen Blick zu.

„Es gefällt mir wirklich gut, Kevin. Du solltest dein Bild fertigmalen. Es sieht wunderschön aus."

Er strahlte voller Stolz und schaute das Bild an. „Ich werde es fertigmachen, weil ich es heute Abend Levi geben werde, wenn er zu uns kommt."

Lana ging hinüber und verschränkte ihre Arme, als sie Jessica ansah. „Nun, Freitagabend war ein wirklich interessanter Abend. Und wie ich mitbekomme, lief es, nachdem du die Auktion mit Levi verlassen hast, gut?"

Jessica kicherte. „Es lief so gut. Ich hätte dich anrufen sollen. Tut mir leid."

Lana hielt ihre Hände hoch. „Kein Problem, ich hatte gehofft, dass du wirklich beschäftigt bist. Und das war ich tatsächlich ebenfalls."

„Wir…" Jessica seufzte. „Wir haben beschlossen, zu heiraten."

Lana starrte sie mit offenem Mund an. „Heiraten?

Dieses Mal sagt Kevin also nicht einfach nur aus heiterem Himmel, dass Levi sein Daddy wird. Das geht schnell, bist du dir sicher?"

„Ja, ich bin mir ganz sicher." Sie lehnte sich nach vorn und sprach mit leiser Stimme. „Ich liebe ihn, habe mich aber von meinen Ängsten zurückhalten lassen. Bei ihm und mir hat die Chemie sofort gestimmt. Und auch wenn ich ihn nicht mit Adam vergleiche, so war es mit ihm und mir auch. Ich hatte viele Verabredungen, bevor ich Adam kennengelernt habe, aber ich wusste sofort, dass er der Richtige für mich war. Und als er starb, hätte ich einfach nie gedacht, dass es möglich wäre, so für jemand anderen zu empfinden. Aber das tue ich. Levi ist so wundervoll. Ich habe es nur vor lauter Angst nicht wahrhaben wollen. Und aus Sorge um Kevin."

„Ich freue mich so sehr für dich. Ich weiß, dass du sehr vernünftig bist und ich weiß, dass Levi einer der angesehensten Männer in Windswept Bay ist. Ich freue mich wirklich für euch beide."

„Würdest du meine Trauzeugin sein?"

Ein Kloß bildete sich in ihrem Hals. Sie hatten von

Beginn des Schuljahres an eine Freundschaft aufgebaut, denn sie beide waren unter ähnlichen Voraussetzungen nach Windswept Bay gezogen: sie brauchten beide Freiraum von ihren Familien. Die beiden Frauen hatten sich zusammengetan und hatten einander unterstützt.

„Jessica, ich würde mich so geehrt fühlen." Ihre Stimme brach, als sie ihre Freundin umarmte.

Tränen funkelten in Jessicas Augen. „Danke. Dass du mir geholfen und mich dazu gebracht hast, meine Komfortzone zu verlassen. Du wusstest, dass ich das machen musste."

Lana lächelte. „Ich hatte das Gefühl, du brauchtest nur einen kleinen Stupser."

„Und was ist mit dir? Hast du am Ende für irgendjemanden bei der Auktion ein Gebot abgegeben, nachdem ich mit Levi weg war?"

Sie sprachen bereits leise, sodass Kevin sie nicht hören konnte, aber jetzt sprach Lana noch leiser. „Nein, habe ich natürlich nicht. Ich bin nicht interessiert. Ich war nicht ganz ehrlich mit dir. Ich habe, bevor ich hierher gezogen bin, eine ziemlich schlimme Trennung durchgemacht. Ich dachte, der Mann würde mir bald einen Heiratsantrag machen, er hatte allerdings eine Affäre mit meiner besten Freundin. Und ich war Thema der Stadt. Ich hatte das satt und auch, dass mich meine Familie zu Tode geängstigt hat. Das ist also die ganze Geschichte, weshalb ich hierhergekommen bin."

„Ich dachte mir, dass da mehr dahinter steckt. Was für ein Idiot. Ich hätte wahrscheinlich ebenfalls umziehen müssen oder ich hätte ihm, wenn ich ihn in einem Café getroffen hätte, Kaffee über den Kopf geschüttet."

Lana lachte. „Das war tatsächlich einer der Gründe, warum ich gegangen bin – weil ich Angst hatte, ich *würde* das tun." Zumindest hatte sie ihn mit Schokolade beworfen.

„Ich schätze, dass es in der Stadt nicht gut angekommen wäre, wenn du dich als Grundschullehrerin so rachsüchtig gezeigt hättest ", sagte Jessica leise.

„Ganz recht. Daher hab ich der Versuchung widerstanden und bin hierhergezogen." Die

Schulglocke ertönte. „Okay, so oder so wollte ich dir erzählen, dass ich Levis Bruder nach der Auktion getroffen habe."

„Welchen?"

„Cam, den Cowboy."

„Oh, *wirklich?*" Kinder begannen, in den Raum zu kommen. „Darüber muss ich alles wissen."

„Auf jeden Fall. Er hat die Pferdeställe in der Stadt gekauft. Er hat es gestern seiner Familie mitgeteilt."

„Ja, Levi hat angerufen und mir das erzählt. Und, hat er dir gefallen? Ich habe ihn kennengelernt und dachte, ihr zwei würdet euch womöglich gut verstehen."

„Ich war gestern bei den Ställen reiten. Aber ich suche nicht nach einem Cowboy, wenn ich wieder anfange, mich mit Männern zu verabreden. Auch wenn er ein sehr netter Kerl zu sein scheint."

„Also werden wir Schwägerinnen?"

Lana verdrehte die Augen. „Mach dir keine Hoffnungen. Wie ich sagte, bin ich momentan nicht zu haben und vor allem nicht, wenn es um Cowboys geht.

Ich werde einen Buchhalter heiraten oder einen Footballtrainer. Keinen Cowboy."

„Ha. Etwas sagt mir, dass das nicht stimmt." Jessica lächelte und drehte sich dann zu den Kindern im Raum um. Dann blickte sie über ihre Schulter zu Lana. „Oh, nebenbei bemerkt wird er Levis Trauzeuge, daher wirst du ein wenig Zeit mit ihm verbringen. Mein Traum, deine Schwägerin zu werden, könnte also in Erfüllung gehen."

Lana schüttelte den Kopf. „Ich kann gern Zeit mit ihm verbringen, aber ich werde ihn nicht heiraten", warnte sie und ging zurück zu ihrem Tisch und zu den Kindern, die sich auf ihren Stühlen niederließen.

Sie würde den Mann nicht heiraten. Sie konnte Zeit mit ihm verbringen und Spaß haben. Aber sie würde nicht heiraten.

Dennoch konnte sie nicht bestreiten, dass die Vorstellung, ihn wiederzusehen, sie zum Lächeln brachte.

Cam starrte seine Brüder an. Sie hatten sich alle in

Jakes Tauchshop versammelt, saßen hinten auf der Terrasse und schauten auf die Boote im Hafen. Trent und Levi waren Zwillinge, aber er und Levi hatten sich immer näher gestanden. Jake und Trent hatten in ihrer Kindheit und Jugend mehr Zeit zusammen verbracht und beide liebten das Tauchen. Jakes Haare waren noch immer feucht, nachdem er von einem Tauchgang hereingekommen war. Levi hatte das Treffen vorgeschlagen und alle außer Max hatten es geschafft, zu kommen. Er war am Abend der Junggesellenauktion zu einem Einsatz aufgebrochen. Sie wussten nie, wie lange er als Navy SEAL in einer Sondereinheit weg sein würde und sie waren stets froh, wenn er es nach Hause zu Familientreffen schaffte.

Er hatte es Levi zuvor erzählt und war überrascht, dass Cali oder Grant es den anderen Brüdern und Schwestern gegenüber nicht erwähnt hatten. Aber soweit er wusste, kannte niemand sonst die Neuigkeiten. Aber Levi hatte selbst etwas zu berichten.

„Also, was ist los, Levi?" Jake schaute den Polizeichef von Windswept Bay erwartungsvoll an. Keiner wusste, was er zu sagen hatte.

„Nein, ich will zuerst hören, was Cam zu erzählen hat.“

„Du wartest noch.“

Levi kicherte. „Nein, ich will das Rampenlicht.“

„Also, hört zu: ich habe Mom und Dad gestern erzählt, dass ich Bess Gestüt gekauft habe. Daher dachte ich eigentlich, ihr würdet es bereits wissen.“

„Ach, was du nicht sagst! Nein, ich wusste es nicht.“ Jake schaute perplex. „Du hast das Gestüt immer geliebt. Aber wie verwaltest du das Anwesen und gleichzeitig deine Ranch in Texas?“

„Ja“, sagte Trent. „Es ist eine tolle Idee, aber du lebst doch in Texas.“

Levi hob eine Augenbraue. „Ich weiß, dass du einen Plan hast. Du hast immer einen Plan.“

Cam schob seinen Cowboyhut zurück in seine Stirn. „Ich habe ein Mädel, das herkommt und ihn für mich betreibt. Sie arbeitete auf einer Ranch in der Nähe von Orlando, wo ich Vieh gekauft habe. Sie sucht nach einer Veränderung. Ich habe gehört, dass es dort, wo sie arbeitet, ein paar Probleme gab und ich habe sie kontaktiert. Sie hat einen ausgezeichneten

Ruf, sodass das Anwesen in guten Händen sein wird."

„Eine Frau also?", fragte Trent. „Klingt interessant."

„Sie ist nett und sie weiß, was sie will. Sie wird einen guten Job machen. Also, Levi, was sind deine Neuigkeiten?", fragte er und wusste, was jetzt kam.

Levi grinste. „Ich dachte, du würdest nie fragen. Ich werde heiraten, Jungs."

Keiner seiner Brüder sah überrascht aus. Jake verschränkte seine Arme und neigte seinen Kopf zur Seite. „Sollen wir überrascht sein? Du warst ein liebeskranker Welpe am Abend der Auktion. Herzlichen Glückwunsch."

Trent und Cam grinsten, während sie ebenfalls gratulierten.

„Ich habe Cam gefragt, ob er mein Trauzeuge wird, aber ich will, dass ihr alle mit mir nach vorn kommt. Auch Max."

Alle stimmten zu und Cam sah sich in der Gruppe um. Das hier waren seine Wurzeln. Jetzt war er glücklicher als je zuvor, dass er Bess Anwesen gekauft hatte. „Also wann bringst du sie mit raus zum Reiten?"

„Hey, das ist eine großartige Idee. Kevin würde es gefallen. Ich schaue, wann sie Zeit haben und melde mich bei dir."

„Klingt gut. Wie liefen eigentlich die Valentinsdates am Samstag?"

„Ich hatte Spaß", sagte Trent. „Mein Date und ich waren uns einig, dass es für einen guten Zweck war und wir ein nettes Abendessen hatten und das war's."

Jake grinste. „Ich habe am Samstagabend ein weiteres Date."

Das brachte alle zum Lachen.

Cam sagte: „Warum sind wir nicht überrascht?"

„Hey, sie war nett. Wir haben uns verstanden." Jake grinste.

Falls sich Jake jemals in eine Frau verliebte, musste sie weitaus mehr sein als nur nett. Er fand alle Frauen nett. Cam würde nicht darauf warten, dass Jake eine feste Bindung einging. Levi hatte ihn nicht überrascht. Und er konnte sich vorstellen, dass sich Trent in naher Zukunft festlegte, aber Max und Jake waren anders. Max hatte ein sehr unstetes Leben. Und Jake… er genoss es, Single zu sein.

Er ging etwas später und hatte niemandem gegenüber erwähnt, dass er Lana auf dem Parkplatz kennengelernt hatte. Falls er das getan hätte, hätte er Fragen beantworten müssen. Und er war sich nicht sicher, wie er Fragen über Lana beantworten sollte. Sie hatten sich gerade erst kennengelernt, aber seitdem sie am Samstag weggefahren war, ging sie ihm durch den Kopf.

Den Abend des Valentinstags hatte er damit verbracht, die Bücher für die Ställe durchzusehen. Es fiel ihm schwer, sich zu konzentrieren, denn er dachte unablässig an sie.

Lana kannte Jessica, also vielleicht würde er sie an dem Tag, an dem Levi Jessica und Kevin mit raus brachte, einladen. Gute Idee…

Er fragte sich, was sie denken mochte, wenn er sie anrief.

Er hätte sie beinahe angerufen, aber er entschied, dass sie dann wahrscheinlich denken würde, er ließe nichts anbrennen. Er hatte das Gefühl, dass das das letzte war, wonach sie suchte. Nein, das Beste, was er tun konnte, war, es langsam angehen zu lassen. Also ließ er seine Finger vom Telefon und verbrachte einen ruhigen Valentinstagabend allein mit seinem Papierkram.

Aber er wollte es schneller angehen.

Am Dienstagnachmittag ging Lana nach der Schule zu ihrem Truck. Ihre Schritte wurden langsamer, als sie einen bestimmten, gutaussehenden Cowboy gegen ihren Truck lehnen sah: Stiefel überschlagen, Cowboyhut nach hinten geschoben, Arme verschränkt. *Er wartete auf sie.* Ihr Herzschlag beschleunigte sich sofort und Schmetterlinge flatterten in ihrem Bauch.

„Hey, hast du dich verlaufen?", fragte sie und unterdrückte die tiefen Emotionen, die sie in ihrem Innern verspürte.

Langsam breitete sich ein Lächeln auf seinem Gesicht aus und seine dunkelblauen Augen musterten sie. „Ich habe von dir keine Telefonnummer und keine Adresse. Aber ich wusste, wo du arbeitest und wie dein Truck aussieht, also bin ich hier."

„Ja, du bist hier", sagte sie langsam und genoss

seinen Anblick wie kalten, süßen Tee.

„Ich dachte, ich komme einfach vorbei und schaue, ob du vielleicht Lust auf einen Ausritt hast?"

„Wirklich?" Mehr Geflatter in ihrem Bauch – diese verfluchten Schmetterlinge.

„Ja, ich muss dir was zeigen. Ich dachte, das könnte dir gefallen. Aber falls du Schularbeiten korrigieren musst, verstehe ich das."

Das ließ sie noch mehr lächeln. „Es ist die erste Klasse. Hausaufgaben geben wir nicht allzu häufig auf. Ich bin neugierig. Was willst du mir zeigen?"

Er grinste. „Nope, ich verrate nichts. Es ist eine Sache zum Zeigen und Anfassen. Ich glaube, du weißt, was das ist."

„Oh, ich habe keinen blassen Schimmer." Sie kicherte. „Gut, du hast meine Neugier geweckt. Ich muss nur kurz zuhause vorbeifahren und meine Stiefel anziehen und dann komme ich zu den Ställen."

„Wir wäre es, wenn ich dir hinterherfahre? Dann kannst du mit mir mitfahren und ich bringe dich nach Hause, wenn wir fertig sind."

„Ich kann mit meinem Truck fahren."

„Na gut, wenn du darauf bestehst, geht das in Ordnung. Trotzdem folge ich dir und warte auf dich."

„Okay, dann los. Ich werde mich umziehen und lass mich dann von dir rausfahren, wenn du das möchtest."

Einige Minuten später parkte sie auf der Auffahrt ihres Bungalows und er parkte seinen großen Truck hinter ihrem. Sie sprang aus ihrem Truck; er stieg ebenfalls aus und kam auf sie zu.

„Mir gefällt dein Haus." Er betrachtete das gelbe Häuschen mit der weißen Umrandung. „Es sieht sehr nach Strand aus. Niemand würde denken, du wärst aus Texas oder ein Cowgirl."

Sie hob eine Augenbraue. „Ich bin in der Übergangsphase. Ich habe mein Cowgirl hinter mir gelassen. Oder zumindest einen Teil davon."

Er schüttelte seinen Kopf. „Nein, sie ist genau hier. Ich schaue sie an."

„Hey, du hast deinen Strandtypen hinter dir gelassen und bist zum texanischen Cowboy geworden."

„Hab ich, aber ganz egal, ob mein Herz in Texas

ist oder nicht, meine Wurzeln sind hier in Florida bei meiner Familie. Und deine sind in Texas bei deiner Familie. Dieser Idiot kann dir deine Wurzeln nicht wegnehmen."

Sie legte ihre Hände in die Hüften. „Sag mir, was du wirklich denkst."

Er lachte. „Werde ich. Immer, Miss Angriffslustig. Jetzt komm, die Sonne scheint. Schnapp dir deine Stiefel. Und vielleicht ein altes T-Shirt, nur für den Fall."

Ihre Schritte stockten und ihr fiel die Kinnlade hinunter. „Die Stute bekommt ihr Fohlen."

Er grinste. „Versuchst du, mir meine Überraschung kaputt zu machen?"

Ihr Blick verengte sich. „Warum hast du das nicht früher gesagt? Wir haben viel Zeit verschwendet. Warte. Ich bin sofort zurück." Sie drehte sich um und lief zu ihrem Haus.

Er folgte ihr. „Ich hielt dich für die einzige Person, die das, was bevorsteht, so wertschätzen wird wie ich."

Es war so lange her, seit sie bei der Geburt eines Fohlens dabei gewesen war, und allein die Vorstellung bereitete ihr viel Freude. Es gab nichts Vergleichbares. Außer, wenn ein Kind geboren wurde.

Sie eilte durch das Haus und hörte, wie er ihr nach drinnen folgte. „Ich bin gleich draußen", rief sie und ging in ihr Zimmer. Innerhalb von fünf Minuten hatte sie ihre Stiefel an und ein Jeanshemd angezogen, das sie eine Weile nicht getragen hatte. Dann griff sie plötzlich oben in ihren Schrank und zog einen Cowboyhut heraus. Sie starrte ihn einen Moment lang an. *Hatte er bezüglich ihrer Wurzeln Recht?*

Er betrachtete die Fotos auf dem Beistelltisch im Eingangsbereich, als Lana um die Ecke kam. Er hielt Foto in der Hand, das ihren Vater und ihre Brüder zeigte, als sie jünger waren.

„Ich verstehe, warum du dich ein wenig eingeschüchtert gefühlt hast."

Sie lachte. Auf dem Bild stand sie in der Mitte ihrer fünf älteren Brüder und ihres Vaters. Als Jüngste stand sie in ihrem Schatten.

„Ja, das Foto sagt alles. Es war für jeden schwer, den Mut zusammenzunehmen, um mich nach einem Date zu fragen. Das kannst du dir kaum vorstellen. Sie haben auf dem Foto vielleicht keine Pistole in der Hand, aber alle Kerle wussten, dass sie welche besaßen."

„Ich vermute, sie halten sie hinter ihren Rücken." Er grinste und stellte das Bild wieder hin. „Es könnte spät sein, wenn das vorbei ist. Daher bringe ich dich lieber nach Hause, als dass du in müdem Zustand fährst."

Sie zuckte mit den Schultern. „Okay." Sie konnte ihren Dad bei allem, was Cam vorschlug, applaudieren hören. Er wäre entzückt. *Sie musste ihren Dad anrufen.* Vielleicht würde sie es morgen tun.

Als Cameron klar geworden war, dass die Stute kurz vor der Entbindung stand, hatte er gewusst, dass Lana dabei sein wollen würde. Und er wollte das mit ihr teilen. Außerdem hatte sie angeboten, ihm zu helfen, wenn er Hilfe benötigte. Er brauchte keine, aber er wollte sie wiedersehen und das war die perfekte Entschuldigung.

Die Stute war noch immer auf den Beinen, aber

sehr unruhig, als sie zurück zum Stall kamen.

„Sie ist eine wunderschöne Stute. Ich kann es kaum erwarten, zu sehen, wie das Fohlen aussieht. Mein Bauchgefühl sagt mir, dass sie einen Hengst bekommen wird."

„Und ist dein Bauchgefühl gut?"

Sie standen an der Tür zum Stall, wobei ihre Ellbogen über deren oberen Rand hingen. Sie sah zu ihm auf; ihre Schulter berührte seine und er konnte spüren, wie sein Blut beim Bewusstsein dieser Nähe pulsierte.

Also, er wollte verdammt sein – aber er fühlte sich zu ihr hingezogen.

Er konnte nicht anders. Ihre klaren, grünen Augen waren hypnotisierend. Ihre Intelligenz und ihr Scharfsinn waren verführerisch. Und ihre Entschlossenheit und Starrsinnigkeit brachten ihn zum Lachen. Alles an ihr zog ihn an.

„Ich liege in fünfzig Prozent der Fälle richtig." Sie zwinkerte.

Er schmunzelte und wollte die Stute nicht stören. „So gut bist du?"

„Oh ja. Ich vermute, es wird ein Hengst, und wir werden sehen, ob sich meine fünfzig-fünfzig Chance bewahrheitet.“

Sie war witzig. „Ich werde nicht gegen dich wetten, denn ich habe das Gefühl, dass die Chancen auf deiner Seite sind.“

„Du bist so schlau, wie ich es mir dachte. Ich habe gehört, dass du Trauzeuge bei Levis und Jessicas Hochzeit sein wirst. Ich werde ebenfalls als Trauzeugin dort sein.“

„Das hab ich gehört. Daher schätze ich, wir werden beim Treffen einiger Entscheidungen helfen müssen?“

„Vielleicht, aber ich glaube nicht, dass es eine große Hochzeit wird. Daher wird es womöglich keine Entscheidungen zu treffen geben, außer wo ihre Junggesellinnenparty stattfinden wird. Und du wirst Levi wahrscheinlich dabei helfen, wo seine stattfinden soll.“

„Ich glaube nicht, dass ihnen das so wichtig ist. Levi könnte eine Junggesellenfeier nicht gleichgültiger sein. Jessica habe ich noch nicht kennengelernt, aber nach dem, was ich über sie gehört habe, scheint sie nicht viel von einem Junggesellinnenabschied zu halten."

„Ich denke, du hast Recht."

„Vielleicht wollen sie zusammen mit der Hochzeitsfeier gemeinsam eine Party ausrichten, ich meine eine, bei der sie ihre Junggesellenabschiede zusammenlegen?"

„Du bist ganz schön schlau, weißt du das? Ich wette, Jessica würde das gefallen. Ich werde sie morgen deswegen fragen."

Cam klopfte sich selbst auf die Schulter. Das würde bedeuten, mehr Zeit mit Lana zu verbringen, während er mit Levi feierte. Er grinste. „Klingt gut."

Das Pferd wieherte, scharrte mit den Hufen und legte sich dann auf das Heu.

Lanas Augen leuchteten. „Oh, es geht los", flüsterte sie ehrfurchtsvoll und legte ihre Hand auf seinen Arm

Ihre Berührung strahlte durch ihn hindurch und

ihm fiel es schwer, sich auf die bevorstehende Geburt zu konzentrieren, während jede Zelle seines Körpers sich auf Lana einstimmte.

„Wir sollten hineingehen. Sie braucht womöglich Hilfe." Lana griff nach dem Riegel. Er trat zurück, um sie die Tür öffnen zu lassen, und folgte ihr dann. Sie kniete sich zum Kopf der Stute und sprach sanft zu dem Pferd, während sie behutsam eine Hand ihren Hals entlang rieb.

„Du machst das großartig, Mädchen."

Er beobachtete den Ausdruck auf Lanas Gesicht und hatte das Gefühl, sie verspürte dieselbe große Freude, der Stute Beistand zu leisten. Das gefiel ihm. Ihm gefiel alles an ihr.

Die Geburt lief problemlos. Der kleine Hengst wurde innerhalb einer Stunde geboren und Lana war ganz aufgeregt, als sie dem Fohlen dabei zuschaute, wie es versuchte, aufzustehen.

„Komm schon, süßes Kerlchen, du schaffst das",

ermunterte sie von der Stalltür aus, wo sie sich hin zurückgezogen hatten, nachdem die Geburt vorbei gewesen war. „Er ist wunderschön.“

„Ja, ist er. Und du hältst den Rekord.“

Sie lächelte. „Ich freue mich.“

Er legte seine Hand auf ihre Schulter und zog sie an seine Seite, um sie zaghaft zu umarmen. „Danke, dass du das hier mit mir geteilt hast.“

Sie war überrascht von der Geste, aber sie hatten gemeinsam gerade etwas Wundervolles erlebt und eine Bindung aufgebaut. Sie sah zu ihm auf. „Ich hätte das nicht verpassen wollen. Danke, dass du an mich gedacht hast.“

Ihre Blicke wichen nicht voneinander und sie hatte das Gefühl, er würde überlegen, sie zu küssen. Der Gedanke ließ ihr Herz schneller schlagen. Jede Stelle, an der sich ihre Körper berührten, pulsierte. Sie hätte beinahe ihren Kopf gegen seinen gelehnt.

Das leise Wiehern der Stute lenkte ihre Aufmerksamkeit zurück zu dem kleinen Hengst. Unsicher versuchte er sich aufzurichten. „Dann mal los." Sie nahm Cams Hand, die auf ihrer Schulter ruhte. Der neugeborene, goldgelbe Palomino kam wackelig auf die Beine. Er stand unsicher da, seine Knie zitterten. Seine Mutter stupste ihn sanft an, um ihn mit ihrer Nase zu ermutigen.

„Er ist wunderschön", flüsterte sie.

„Du auch."

Sie sah überrascht auf. Noch mehr überraschte sie allerdings das wohlige Gefühl, das seine Worte in ihrem Innern auslösten.

KAPITEL SECHS

Cam konnte nicht anders, als in diesem Moment ehrlich zu sein. Vielleicht war das der Mann in ihm oder die Tatsache, dass er einer Menge Fohlen beim Aufstehen zugesehen hatte, dieses Mal aber all seine Aufmerksamkeit auf Lana gerichtet war.

Er stellte fest, dass ihr Exfreund ein totaler Idiot war. Und da sie ihre Heimat verlassen und den ganzen Weg nach Windswept Bay gezogen war, musste er sie zutiefst verletzt haben. Sie musste den Kerl wie verrückt geliebt haben.

Und der Idiot hatte das einfach weggeworfen.

Cam kannte Lana seit fünf Tagen und er konnte nicht verstehen, wie etwas so Wertvolles wie sie einfach so aufgegeben werden konnte.

Er schluckte schwer und kämpfte gegen die Emotionen an, die wie Wellen in ihm aufkamen.

Sie drehte ihr Gesicht zu ihm; ihre Augen sahen plötzlich weich und verletzlich aus.

„Du bist wunderschön, weißt du", sagte er sanft. Dann konnte oder wollte er sich nicht länger davon abzuhalten, sie zu küssen.

Sie war für einen Augenblick regungslos und dann legte sie ihre Hand auf seine Brust und sie erwiderte den Kuss.

Die Welt blieb stehen. Sein Herz hämmerte, als er seinen Kopf hob und in ihre leicht benommenen Augen blickte. Er hatte das Gefühl, dass sein Blick ähnlich war.

„Ich denke, wir haben ein Problem", presste er hervor.

„Aha." Sie seufzte. „Ich verabrede mich nicht mit Cowboys."

„Genau", murmelte er und dann zog er sie für

einen weiteren Kuss erneut an sich.

Alles um sie herum drehte sich, als Lana ihre Arme um Cams Hals schlang und den Kuss erwiderte.

Sie hatten mit der Geburtshilfe für den Hengst gerade eine wundervolle Erfahrung geteilt. Während des Ereignisses war sie sich seiner Anwesenheit so sehr bewusst gewesen, dass ihr Selbstschutz geschwächt war. Sie fühlte sich zu ihm hingezogen, weit mehr als sie es je zuvor empfunden hat, und seine Zärtlichkeit im Umgang mit der Stute hatte nur dazu geführt, dass sie ihn noch mehr mochte.

Sie musste sich aus seiner Umarmung lösen, den Kuss beenden und Abstand zwischen sie bringen – aber ihre staubigen Stiefel schienen im Boden des Stalls einzementiert zu sein.

Stattdessen legte sie ihre Arme um ihn und gab sich dem Vergnügen des Kusses hin.

Aber sie verabredete sich nicht mit Cowboys. Wenn es um Liebe ging, bedeuteten sie nur Ärger.

Sie durfte sich nicht beeinflussen lassen... Sie

nahm alle Entschlossenheit zusammen und trat zurück, wodurch sie den Kuss unterbrach.

Cam ließ sie sofort los, doch sein Blick war benebelt. „Ich hoffe, du überdenkst deine Meinung zu Cowboys", sagte er mit rauer Stimme.

Sie stöhnte leise. „Ich weiß, ehrlich gesagt, nicht, was ich sagen soll, Cam. Das ist alles eine Überraschung… Ich brauche etwas Abstand. Wir fühlen uns offensichtlich zueinander hingezogen, aber das bedeutet nicht, dass es gut für mich ist. Ich fühle mich auch zu Zucker hingezogen, aber versuche, ihn zu meiden."

Er runzelte die Stirn und sie nahm es ihm nicht übel. „Dieser Kerl hat dich echt verletzt, nicht wahr?"

Sie nickte. „Es macht mich wütend, dass er so viel Macht über mich hatte… und ich kann das einfach nicht noch einmal zulassen."

„Ich bin nicht froh darüber, aber ich verstehe es."

Warum war das so schwer? „Also, was wirst du mit dem Fohlen machen?", fragte sie. Sie mussten darüber hinwegkommen.

Sein Blick war verschlossen und er musterte sie.

Wahrscheinlich versuchte er, herauszufinden, ob sie einfach weitermachen wollte, als sei nichts geschehen.

Der Mann hatte ihr mit seinem Kuss gerade die Stiefel ausgezogen und sie gab vor, unbeeindruckt zu sein.

„Ich werde die Stute und den Hengst mit zurück auf meine Ranch in Texas nehmen. Ich will, dass mein Trainer ihn sich ansieht. Das mache ich mit all meinen neugeborenen Fohlen."

Sie konnte nur schwer ignorieren, wie sehr sie zurück in seine Arme wollte, seine Lippen erneut auf ihren und die Stärke seiner Umarmung spüren. Sie vermisste seinen Herzschlag nah an ihrem und seinen kratzigen Dreitagebart an ihrer Haut schon jetzt.

Was war denn nur los mit ihr? Sie erschauerte beim Gedanken an seine Berührung und die Leidenschaft seines Kusses. *Und das Versprechen dahinter.* Aber sie wusste, dass Versprechen leer sein konnten und Berührungen und Küsse konnten täuschen.

Sie brauchte keine Cowboys. Sie drehte ihr Gesicht erneut zu dem Hengst. „Wann wirst du abreisen?"

„Wahrscheinlich dieses Wochenende. Meine neue Wirtschafterin kommt morgen. Ich werde ihr zeigen, was getan werden muss, und dann fahr ich los."

Lana atmete tief durch. „Wann wirst du zurück sein?"

„Nicht sicher. Wird dich das beschäftigen?"

Ihre Finger ergriffen die Tür. Sie schloss einen Moment lang ihre Augen, bevor sie ihn wieder ansah. „Nein. Du musst tun, was du tun musst. Du bist nur vorübergehend hier."

Er nickte. „Ich werde zurückkommen. Wir haben eine Hochzeit zu planen."

„Richtig. Jetzt solltest du mich wahrscheinlich nach Hause bringen."

Er nickte. Sein Kiefer war angespannt und sie vermutete, dass er wahrscheinlich neu abschätzte, warum er sie geküsst hatte.

„Geh voran zum Truck", sagte er.

Die Atmosphäre war angespannt, während er fuhr und sie auf dem Beifahrersitz saß und ihre Möglichkeiten abwog. Sie hielt an etwas fest, woran sie nicht festhalten sollte, und dennoch drangen die Erinnerungen an vor einem Jahr lebhaft in ihr Gedächtnis.

Beziehungen mit Cowboys hatten für sie nie funktioniert, selbst vor dem Vollidioten. Keine dieser Beziehungen hatte funktioniert – sicherlich würde der gesunde Menschenverstand sagen, dass sie für sie nicht die Richtigen waren, aber trotzdem, wenn du immer wieder denselben Weg gehst und dich weigerst, etwas zu verändern, wie könntest du dann jemals den Verlauf schlechter Entscheidungen ändern?

Um ein anderes Ergebnis zu bekommen, musste sie große Veränderungen vornehmen, was sie getan hatte, indem sie nach Windswept Bay gezogen war und die Entscheidung getroffen hatte, sich nicht mehr auf Cowboys einzulassen.

Und sie würde in der Hinsicht nicht nachgeben. *Also warum fühlte sie sich so schlecht?*

Sobald sie ihr Haus erreichten, stieg sie aus dem Truck.

Er folgte ihr und brachte sie zur Tür. Sie wünschte sich, er wäre im Truck geblieben, sodass er sie nicht damit in Versuchung brachte, sich einen weiteren Kuss zu wünschen. „Wir sehen uns, wenn ich zurück bin. Und dann werden die Party planen", sagte er. „Ich werde morgen mit Levi darüber sprechen."

Sie hatte die Party vergessen. „Richtig – die Party, ja. Ich werde es Jessica gegenüber erwähnen."

Er nickte und dann, als ihre Brust schmerzte, überraschte er sie mit einem kurzen Kuss auf die Wange. Nur ein kaum spürbares Streifen seiner Lippen über ihre Haut. Dann ging er mit langen Schritten zurück zu seinem Truck, und ließ sie mit dem Verlangen nach mehr zurück. Verflucht sei dieser Mann.

Lana konnte sich nicht bewegen, während sie ihn davongehen sah. *Sah sie gerade dabei zu, wie das Beste, was ihr je im Leben passiert war, in diesem Moment verschwand?*

Cam zwang sich, weiterzugehen und nicht zurückzuschauen. Er musste sich davon abhalten, zurückzustürmen, Lana in seine Arme zu schwingen und sie zu küssen. Er fühlte sich, als würde er ein scheues Pferd zähmen, wenn er in ihrer Nähe war. Sie war definitiv kein Pferd, aber sie hatte überhaupt kein Vertrauen. Und sie war immer bereit, wegzurennen.

Er hatte es versaut, als er sie geküsst hatte.

Jetzt würde er sich zurückziehen und versuchen, ihr Zeit zu geben. Zeit, damit sie ihm verzieh, dass er so impulsiv gehandelt und einen tollen Abend und wahrscheinlich jegliche Chance, die er überhaupt bei Lana gehabt hätte, ruiniert hatte. Als er zurück zum Stall kam, hatte sich seine Stimmung nicht wesentlich gebessert. Er ging direkt zum schwarzen Wallach und sattelte ihn. Das Pferd musterte ihn, während er die Satteldecke und dann den Sattel auf seinen Rücken legte.

„Ja, wir machen einen Ausritt im Dunkeln", grummelte Cam, während er den Sattel festschnallte und sicherte.

Wenige Augenblicke später warf das Mondlicht einen goldenen Schimmer auf das dunkle Wasser, während er sein Pferd im leichten Galopp an der Küste entlangführte. Mit der kühlen Nachtluft und dem

Klang der Brandung, die im Mondlicht schimmerte, wäre es die perfekte Nacht für einen romantischen Ausritt … Leider war er allein und Lana leistete ihm nur in seinen Gedanken Gesellschaft.

Wie hatten sich seine Gefühle für sie so schnell entwickeln können? Er war normalerweise ein sehr planvoller Denker. Ein Mann, der keine spontanen Entschlüsse fasste, der sich alle Aspekte einer großen Entscheidung ansah und dann fortfuhr. Er war kein Mann, der unüberlegte Entscheidungen traf oder sich auf irgendetwas schnell einließ. Was er für Lana empfand, mag plötzlich sein, aber es war nicht unüberlegt. Etwas an ihr sprach zu ihm und er würde sie nicht aufgeben.

Er brachte sein Pferd zum Stehen. *Nein, er würde nur einen Schritt zurück machen und dann würde er behutsam sein.* Er würde sie langsam für sich gewinnen und ihrem verwundeten Herzen Zeit geben, sich zu öffnen.

Der nächste Tag kam langsam. Lana hatte den Großteil

der Nacht auf- und abgehend verbracht, versucht, zu lesen, zu malen…. Eigentlich hatte sie versucht den Drang zu unterdrücken, Cam anzurufen und zu sagen, dass sie ihre Worte nicht so gemeint hatte.

Aber sie hatte sie so gemeint.

Von ihrem Dad und ihren Brüder aufgezogen worden zu sein, hatte sie taff gemacht, wie all die Jungs. Und als sie die schlimmste Verletzung und den Verrat ihres Lebens erlitten hatte, hatte sie ihren Schmerz unterdrückt. Aber das hatte es nur schlimmer gemacht… es hatte an ihr genagt und jetzt brach der Schmerz des letztens Jahres hervor und bestritt all das Gute. Ganz gleich, wie wundervoll sie sich in Cams Armen gefühlt hatte. Sie wusste einfach nicht, ob sie jemals wieder einem Mann ihr Herzen anvertrauen konnte. Sein Kuss war der Himmel auf Erden gewesen. Beim bloßen Gedanken daran bebte ihr Innerstes. Und das war beängstigend, denn… *warum?*

Sie dachte einen Moment lang darüber nach. *Weil sie sich selbst nicht mehr vertraute.*

Ganz genau. Sie hatte sich ähnlichen Gefühlen der Leidenschaft zuvor hingegeben – wie konnte sie wissen, dass das hier anders war?

Sie konnte es nicht wissen.

„Du siehst heute Morgen so bedrückt aus", sagte Jessica bei der Begrüßung.

„Danke, das nennt man eine schlaflose Nacht", knurrte sie und hielt einen Pappbecher mit Kaffee hoch. „Ich brauch nur ein wenig mehr davon und diese schöne, frische Luft. Dann wird es mir in ein paar Minuten besser gehen." Sie gähnte. „Ich muss es nur langsam angehen lassen."

Sie halfen den Kindern beim Aussteigen aus den ankommenden Autos, und einige Minuten später, als sie nach drinnen in Richtung ihres Raumes gingen, hielt Lana die Zeit für gekommen, um Jessica nach der Party zu fragen. Auch auf die Gefahr hin, dass Jessica wissen würde, dass sie Zeit mit Cam verbracht hatte und vielleicht nähere Fragen stellen würde.

„Hast du vor, deinen Junggesellenabschied zu feiern?"

Jessica brach sofort in Gelächter aus. „Nein, definitiv nicht. Ich bin zu gesetzt dafür und ich hatte einen, als Adam und ich geheiratet haben. Wir Mädels haben einen Abend im Spa verbracht und uns richtig verwöhnen lassen."

„Das klingt gut. Cam und ich haben mit einander gesprochen und er sagte, Levi würde keinen Junggesellenabschied haben wollen. Er hat daher vorgeschlagen, deinen und seinen Junggesellenabschied zu verbinden und einen schönen Abend in einem Restaurant zu verbringen."

„Das wäre eine wirklich gute Idee", sagte Jessica. „Ich bin noch immer geschockt, dass wir tatsächlich über meine Hochzeit sprechen."

„Habt ihr jetzt ein Datum festgelegt?"

„In drei Wochen. Das gibt meiner Familie, die auch kommen wird, Zeit für die Anreise." Jessica wurde rot.

„Das ist wundervoll! Drei Wochen, wow." Lana war geschockt, wie schnell alles ging. „Sie finden es also in Ordnung, dass ihr so plötzlich heiratet?"

„Sie sind so aufgeregt, aber ja, ein bisschen besorgt darüber, wie schnell es passiert. Aber sie haben nicht wirklich etwas zu sagen, das verstehen sie jetzt. Ich glaube, der größte Schock für sie ist, dass ich mich hier in Windswept Bay niederlasse. Das können sie nicht begreifen. Tief im Inneren haben sie gehofft, ich würde nach Hause kommen."

Jessica wusste, dass ihr Dad das hoffte. „Ich glaube, das ist normal. Ich weiß, dass mein Dad denkt, ich würde zurück nach Texas kommen. Und meine Brüder – sie leugnen alle, dass ich überhaupt weggezogen bin."

Jessica musterte sie. „Bist du dir sicher, dass du hier bleiben willst? Ich meine, du sagtest, dass dir das Reiten gefällt… vielleicht wirst du bald dein Zuhause vermissen."

„Ich hatte eine tolle Zeit und gebe zu, dass ich kürzlich mehr an Zuhause gedacht habe. Aber ich liebe auch Windswept Bay, es ist wundervoll. Ich habe jetzt einen Ort, an dem ich reiten kann, also ist alles gut."

„Ich will das Gestüt besuchen. Vielleicht könntest du Kevin auf dort das Reiten beibringen?"

„Ich würde ihm liebend gern ein paar Stunden geben. Wir müssen mit Cam darüber reden. Tatsächlich war ich gestern Abend dort. Cam hatte mich eingeladen, bei der Entbindung einer Stute dabei zu sein. Ich liebe es, neue Fohlen zu beobachten."

„Ich wette, das war ein beeindruckendes Erlebnis. Du bist ein Cowgirl, Lana – du kannst deinen Wurzeln nicht entkommen."

Lana erzählte ihr von dem Fohlen, aber nicht von dem Kuss. Jessica würde sie drängen, sich darauf einzulassen – im Grunde war es das, was sie selbst zu Jessica gesagt hatte.

„Oh, Kevin würde es gefallen, den neuen Hengst zu sehen. Nimm uns heute Nachmittag mit dorthin!"

Lana wollte nein sagen, aber Cam nahm das Fohlen am Wochenende mit zurück nach Texas. daher wusste sie, dass die Möglichkeit für Kevin, das Neugeborene zu sehen, begrenzt war. „Du brauchst mich nicht, um dort raus zu fahren. Ihr beiden könnt fahren oder Levi soll euch hinbringen."

Jessica zog ihr Telefon heraus und hielt abwehrend eine Hand hoch. „Ich rufe Levi gleich an. Ich glaube, er hat heute Nachmittag frei. Du musst auch mitkommen, damit wir die Party zusammen besprechen können. Super Idee."

Lana zuckte zusammen. *Mist.* Sie sah Jessica

lächeln, als der Anruf am anderen Ende offensichtlich angenommen wurde. Sie errötete leicht.

Lana gefiel es, ihre Freundin glücklich zu sehen. Aber die Vorstellung, Cam so bald wiederzusehen, nachdem sie in angespannter Atmosphäre auseinander gegangen waren, gefiel ihr nicht.

„Okay, alles abgemacht. Wir fahren direkt nach der Schule. Levi hält es für eine sehr gute Idee. Er erwartet uns vor der Schule und dann fahren wir alle dort raus."

„Großartig." Lana rang sich ein Lächeln ab, das nicht weiter als zu ihren Lippen reichte. *Sollte sie Jessica erzählen, was passiert war?* Vielleicht, aber sie konnte es nicht. Sie konnte es einfach nicht über sich bringen.

KAPITEL SIEBEN

Als die Schule vorbei war, saß dort Levi und wartete auf sie. Kevin war überglücklich, als er auf die Rückbank kletterte und Jessica setzte sich auf den Beifahrersitz.

„Ich werde meinen Truck nehmen und euch folgen", sagte Lana und dachte, dass er vielleicht – nur vielleicht – auf dem Weg liegenbleiben würde. Er hatte einige Schwierigkeiten gemacht, obwohl sie die Batterie gewechselt hatten. Sie fürchtete, sie würde ihn in die Werkstatt bringen müssen.

„Wenn du möchtest", sagte Levi. „Das ist

wahrscheinlich eine gute Idee, nur für den Fall, dass du länger bleiben willst als wir."

War dort in seiner Stimme eine Anspielung zu hören? Wusste Levi, dass sie seinen Bruder geküsst hatte? Vielleicht war sie paranoid.

Minuten später parkte sie auf dem Vorplatz hinter Levis Truck. Leider hatte ihr Truck durchgehalten und sie waren auch nicht im Feierabend-Verkehr steckengeblieben.

Cam stand in der Nähe der Scheune und sprach mit einer großen, schlanken Frau mit dichten, blonden Haaren, die in der Mitte ihres Rückens zusammengeflochten waren. Sofort überkam Lana Eifersucht.

Wer war das?

Das geht dich nichts an. Lautete die unmittelbare Antwort ihrer inneren Stimme. Sie hatte keinen Anspruch auf Cam. Er konnte seine Zeit verbringen mit wem auch immer er mochte, selbst einer schönen Blonden in engen Jeans, einem hübschen lavendelfarbenem Tank Top und Stiefeln. Als Levi und Jessica aus dem Truck stiegen und Kevin vor

Aufregung kichernd vom Rücksitz sprang, hielt sich Lana zurück und ging langsamer. Sie fühlte sich zwiegespalten. Sie würde nach dem Fohlen schauen und sichergehen, dass es ihm gut ging. Sie würde es Kevin zeigen und dann würde sie sich wieder aus dem Staub machen und direkt nach Hause fahren.

Cam und die Frau kamen auf sie zu und Lanas Herzschlag begann zu rasen.

„Hey, freut mich, dass ihr alle hergekommen seid", sagte er und klang voll und ganz wie ein gebürtiger Texaner. „Ich bin froh, dass du mich angerufen hast, Levi. Kevin, ich bin Cam. Erinnerst du dich an mich von der Geburtstagsfeier im Haus meiner Mom?"

Kevin grinste und nickte.

Lana war nicht bei der Feier gewesen, aber sie hatte am nächsten Tag alles von Jessica erfahren.

„Ich erinnere mich an dich, aber ich wusste nicht, dass du ein Pferdezuhause hast. Das ist cool. Lana hat mir erzählt, dass du ein Babypferd hast."

Cam schmunzelte. Sein Blick traf Lanas und hielt ihn für ein paar Sekunden. „Das nennt man einen Stall.

Und Lana hat mir gestern Abend bei der Geburt des Fohlens geholfen. Sie hat einen fantastischen Job gemacht."

Kevins Augen waren riesig. „Kann ich es sehen?" Der kleine Junge hüpfte aufgeregt von einem Fuß auf den anderen.

Alle lachten über den Jungen, der so aufgeregt war, das neue Fohlen zu sehen.

Lana erinnerte sich an das Gefühl nur allzu gut. Sie erinnerte sich daran, wie sie mit ihren Brüdern und ihrem Vater das erste Mal zu den Ställen gegangen war, um bei der Geburt eines Babys zuzusehen. Sie erinnerte sich daran, wie cool es sich angefühlt hatte. Sie konnte nicht einmal abzählen, wie vielen Fohlen sie danach auf die Welt geholfen hatte. Jetzt freute sie sich trotz der Bedenken wegen Cam darauf, das Fohlen noch einmal zu sehen, bevor es zu seiner Ranch gebracht wurde.

„Sie ist gleich in dem Stall hier, erste Box." Cam schaute zu Levi und Jessica. „Das ist Kelsey Malone. Sie wird das Gestüt für mich leiten." Sein Blick traf Lanas. „Kelsey, das ist Lana, meine Freundin. Und das ist Jessica, Levis Verlobte, und Levi ist mein Bruder."

Das ist also das Mädel oder die Frau, die das Gestüt leiten wird.

Jessica und Levi schüttelten ihre Hand und sie plauderten, während sie Kevin in Richtung der Ställe folgten.

Kelsey streckte ihre Hand aus und lächelte. „Freut mich, dich kennenzulernen. Du hast tolle Arbeit bei der Hilfe für das Fohlen geleistet. Er ist in wirklich guter Verfassung. Ich kenne die Ranch deiner Familie. Ich glaube, ich kenne deinen Bruder, Vance."

„Oh, wirklich?"

„Ja, ich habe Vance letztes Jahr beim Finale des National Rodeos kennengelernt. Er war einen Abend nach den Wettbewerben mit meiner Mitbewohnerin ausgegangen."

„Die Welt ist klein, vor allem die Welt des Rodeo-Reitens." Um es an die Spitze der Meisterschaft zu schaffen, musste man quer durchs Land reisen, an Rodeos teilnehmen und Punkte sammeln, um sich zu qualifizieren. Nicht jeder hatte das Geld geschweige denn das Talent, um es zu schaffen… ihr Bruder Vance war ständig unterwegs gewesen, bis er sich letztes Jahr verletzt hatte und eine Weile aussetzen musste.

„Ja, ist sie", stimmte Kelsey zu.

„Bei welchem Wettbewerb hast du mitgemacht?"

„Barrel Racing. Ich liebe es. Wir denken sogar darüber nach, hier Unterricht anzubieten."

Lana wusste nicht, was sie von den Gefühlen, die in ihr tobten, halten sollte. *Nichts – das war es, was sie tun würde. Einfach nichts.* Mit herausgeschobene Brust und hochgezogenem Schutzschild überzeugte sie sich davon, dass sie nicht bereit für eine Beziehung war.

Das war lächerlich.

Der Mann hatte sie zwar geküsst, doch sie hatte keinen Anspruch auf ihn.

„Ich sehe ihn", rief Kevin und seine Worte durchbrachen ihre Gedanken.

„Sei leise, wenn du zu der Tür gehst", warnte Cam.

„Werde ich. Ich will ihn nicht erschrecken", sagte Kevin. Die helle Begeisterung stand ihm ins Gesicht geschrieben.

Der Hengst sah bezaubernd aus, wie er dort er von seiner Mutter gesäugt wurde. Als sie näher kamen, hielt er mit dem Saugen inne und sah sie alle neugierig an.

Kevin schob seine Hand langsam und vorsichtig durch das Gitter und hielt sie dem Fohlen hin, welches die Hand interessiert betrachtete.

„Ist es okay, dass er das tut?" Jessica schaute von Cam zu Lana.

Lana lächelte und nickte und schaute dann zu Cam, der ebenfalls nickte.

„Du machst das gut", sagte Cam und ihr gefiel die Liebenswürdigkeit, die sie in seiner Stimme hörte. „Der kleine Hengst ist ein wenig scheu, aber ich habe etwas Zeit mit ihm verbracht und im Augenblick ist er recht neugierig."

Mittlerweile ging das süße, kleine Kerlchen tatsächlich hinüber und legte seine Schnauze direkt in Kevins Handfläche. Kevin gluckste. „Er mag mich. Ich will reiten lernen." Er schaute zu seiner Mom hinauf und dann zu Levi.

„Das ist eine tolle Idee", sagte Jessica mit einem freudigen Gesichtsausdruck. „Glaubst du, es wäre möglich, hier Unterricht zu bekommen?"

Cam nickte. „Das wäre sehr gut möglich. Kelsey wird Unterricht geben oder falls Lana ihn unterrichten will, ist sie mehr als willkommen, das hier zu tun." Sein Blick ruhte auf ihr, und erneut flatterten die Schmetterlinge ganz aufgeregt in ihrem Bauch.

„Mal sehen. Das würde mir die Möglichkeit geben, ebenfalls zu reiten, aber wenn du lieber möchtest, dass Kelsey das macht, ist das in Ordnung. Ich will niemandem im Weg stehen."

Kelsey stemmte ihre Hände in ihre schmalen Hüften und schüttelte ihren Kopf. „Oh nein, das wäre kein Problem für mich. Es wird viele Kinder geben, die hier Reitstunden nehmen möchten. Daher bin ich sicher, dass ich alle Hände voll zu tun haben werde. Wenn wir so vorgehen, wie wir es heute besprochen haben, werde ich wahrscheinlich sogar jemanden einstellen müssen, der mir beim Unterrichten der Kinder hilft. Falls du daran Interesse hättest. Cam hat mir erzählt, dass du eine tolle Reiterin bist."

Er hatte mit Kelsey über sie gesprochen. „Danke, aber da ich hauptsächlich Schulunterricht gebe, könnte ich aus Zeitgründen kaum mehr als Kevin und Jessica unterrichten, falls sie will."

Levi legte einen Arm um Jessicas Schulter. „Das ist eine großartige Idee. Kevin wird gern Reiten lernen. Und du womöglich auch?"

„Ich würde es gern versuchen." Jessica lächelte.

„Ja, Mama, wir lernen es zusammen." Kevin rannte auf sie zu und warf seine Arme um ihre Taille.

„Das wird so lustig werden." Jessica lachte und drückte ihn an sich. Lana und Kelsey lachten ebenfalls.

„Das war eine wunderbare Idee von dir, das Anwesen zu kaufen und Bess Traum am Leben zu erhalten. Außerdem ist es gut für die Gemeinde."

„Das hoffe ich", sagte Cam. „Wir werden das Gestüt ausbauen, ein paar andere Sachen anbieten, die Bess nie angeboten hat. Kelsey macht ihren Job wirklich gut, und ich habe Glück, dass ich sie an Bord holen konnte, da ich die meiste Zeit in Texas sein werde." Sein Blick traf Lanas.

Erleichterung streifte Lana wie eine sanfte Brise –

zwischen ihm und Kelsey schien nichts zu laufen. *Allerdings, wer sagte, dass sich da nicht etwas entwickeln konnte?* Lana fing ihre Gedanken ein. Ihr Telefon klingelte und gab ihr die dringend benötigte Auszeit.

Sie zog es aus ihrer Tasche und schaute kurz auf den Display. Es war ihr Bruder Drake. „Da muss ich rangehen, entschuldigt mich." Sie ging weg und beantwortete den Anruf.

„Hi. Ich war überrascht, deinen Namen auf meinem Telefon zu sehen." Sie lächelte, auch wenn er das nicht sehen konnte. „Schön, von dir zu hören."

„Lana, es ist zu lang her, viel zu lang." Er klang angespannt. Sie wurde steif und fragte sich, was los war. „Ich würde dich gern sehen, aber nicht so. Ich befürchte, ich habe ein paar schlechte Neuigkeiten – wenn auch nicht so schlimm wie sie hätten sein können – Gottseidank."

Angst ergriff Lana. Das sah Drake so gar nicht ähnlich. „Was ist geschehen?"

„Es ist wegen Dad. Er hatte einen Herzinfarkt. Er ist aber stabil."

Alles um sie herum drehte sich und sie sank auf eine Futterbox. „Wie schlimm ist es?", brachte sie hervor, während die Angst ihr den Atem raubte.

„Jetzt gerade ist er auf der Intensivstation. Er hat einen sehr guten Arzt und sie haben ihn stabilisiert. Glücklicherweise hat er keinen großen Schaden erlitten. Sie bringen ihn gerade rein, um ihm einen Stent einzusetzen. Aber das machen sie laparoskopisch – es ist keine Operation am offenen Herzen."

„Sie bringen ihn jetzt gerade rein?" Lana konnte nicht atmen. „Ich bin auf dem Weg. Beeil dich, sag ihm, bevor er da reingeht, dass ich komme und dass ich ihn liebe."

„Sie haben ihn bereits reingebracht. Aber er weiß, dass du ihn liebst. Er wird sich freuen, dich zu sehen, wenn er aufwacht, Schwesterchen."

Tränen füllten ihre Augen und sie konnte nur nicken, während ein Kloß ihr die Kehle zuschnürte.

„Wie ich sagte, er ist stabil. Er hat ein paar Probleme, von denen er uns nichts erzählt hat. Doch er ist zu zäh zum Sterben, das weißt du." Sie hörte das Lächeln in Drakes Stimme. Er versuchte, sie zum

Lachen zu bringen. Sie hatten immer gedacht, ihr Dad sei unbesiegbar.

Sie hatte das geglaubt, doch die Wahrheit war, dass jeder seine schwachen Momente hatte.

„Geht es dir gut?", fragte Cam. Er blieb neben ihr stehen und sie schaute zu ihm hinauf. Sie wischte sich Tränen weg und er ging neben ihr auf ein Knie. „Was ist los?"

Ihr Herz schmerzte bei seiner offensichtlichen Sorge noch mehr.

„Du bist kreidebleich."

„Drake, lass mich alles regeln. Wir hören uns bald."

„Klingt gut." Er verabschiedete sich und sie steckte das Telefon ein.

„Es ist wegen meines Vaters – er ist auf der Intensivstation. Er hatte einen Herzinfarkt und sie sind gerade dabei, einen Stent in seiner Arterie zu platzieren. Ich muss zu ihm."

Die anderen sammelten sich um sie und sagten ihr, wie sehr es ihnen Leid tat. Sie versuchten alle, sie zu trösten, aber es war schwer Trost zu empfinden, wenn ihr Dad so weit weg war.

„Ich kümmere mich darum, dir eine Vertretung zu besorgen und sage in der Schule Bescheid", sagte Jessica. „Wir müssen dir ein Flugticket besorgen." Jessica kniete sich ebenfalls neben sie.

„Nein, ich werde fahren. Ich schäme mich, euch das zu erzählen, aber ich habe eine schreckliche Angst vorm Fliegen. Ich kann das nicht. Wenn ich jetzt losfahre, ich meine, sobald ich zuhause eine Tasche gepackt habe, kann ich aufbrechen. Wenn ich die ganze Nacht durchfahre, kann ich morgen da sein."

„Nein, ich werde dich fahren", sagte Cam. „Du bist nicht in der Verfassung, um zu fahren. Jessica und Levi, bringt sie nach Hause und helft ihr beim Packen der Tasche. Ich werde die Pferde einladen und fertig machen und wir fahren los, sobald ich zu euch komme, um sie einzusammeln."

„Das ist eine ausgezeichnete Idee, Cam", sagte Levi. „Sie sollte definitiv nicht selbst fahren."

„Ich kann fahren."

„Ich fahre dich und dabei bleibt es." Cam starrte sie an. „Das Haus deines Vaters liegt nur etwa drei

Stunden von meinem entfernt. Ich bring dich."

Sie klangen genau wie ihre Brüder und ihr Vater und übernahmen das Kommando. Zu jeder anderen Zeit hätte Lana widersprochen, aber jetzt gerade konnte sie es nicht. „Danke. Das weiß ich wirklich zu schätzen."

„Komm schon", sagte Jessica.

Kevin sah ernst und älter als seine sechs Jahre aus, als er zu ihr kam und seine kleine Hand in ihre legte. „Komm schon, wir helfen dir", sagte er. „Es wird alles gut werden."

„Du bist so ein Schatz." Sie stand auf.

„Ich werde mich um alles kümmern", sagte Kelsey. „Mach dir keine Gedanken, Cam. Gibt es irgendetwas, das ich für dich tun kann, Lana?"

„Nein, aber danke dir." Sie war nett und Lana hatte ein schlechtes Gewissen, weil sie eifersüchtig gewesen war. Der Gedanke schien unter den Umständen unangebracht, aber dennoch war er da.

Ihre Gedanken waren voller Sorge, während sie zu

ihrem Haus fuhren. Sie konnte noch immer nicht fassen, dass ihr Dad tatsächlich einen Herzinfarkt gehabt hatte. Sie wollte es einfach nicht wahr haben und das wusste sie.

Sie war Cam trotzdem dankbar. Die Vorstellung, allein den ganzen Weg zurück nach Texas zu fahren, wenn sie sich so wackelig fühlte – das wäre eine sehr anstrengende Fahrt geworden. Aber Cam hatte Verantwortung übernommen und in diesem Fall war sie dankbar.

Der Mann war bereitwillig eingesprungen und sie musste die Fahrt nicht allein angehen. Musste nicht die lange, stille Autofahrt damit verbringen, sich reuige Gedanken zu machen und Schuldgefühle zu haben.

Denn jetzt hatte sie Cam, mit dem sie sich unterhalten konnte. Der sie ablenken würde. Ihr Dad würde zustimmen. Cam war die Art von Mann, die ihr Vater guthieß.

Der Gedanke ließ sie lächeln. Sie musste ihren Dad einfach sehen.

Sobald sie zuhause war, warf sie schnell einen

Koffer voller Klamotten zusammen. Levi spielt mit Kevin im Wohnzimmer. Während Jessica ihr half, ihre Sachen zusammen zu packen, plapperte ihre Freundin ununterbrochen. Wahrscheinlich versuchte sie, sie von ihrer Sorge um ihren Dad abzulenken.

„Cam wird auf dich aufpassen und ich bin so froh, dass du ihn das machen lässt. Auf gar keinen Fall solltest du gerade fahren. Und ich hatte keine Ahnung, dass du so panische Angst vor dem Fliegen hast. Das hätte ich niemals nie von dir vermutet, Lana. Du bist die Art von Person, von der ich denken würde, sie könnte alles schaffen."

Lana atmete tief durch. „So eine Schwäche zu haben, macht mich wahnsinnig, aber ich war bisher nicht in der Lage, sie zu überwinden. Sicherlich, wenn mein Bruder gesagt hätte, *Dad stirbt; steig in ein Flugzeug und komm her* – wäre ich in der Lage gewesen, es zu tun. Nicht wahr?" Ihre Unsicherheit ließ sie sich schrecklich fühlen.

„Ja", sagte Jessica sofort. „Hör auf, dir Sorgen zu machen. Wenn es nötig wäre, wärst du stark genug und dein Dad wäre dir wichtig genug, dass du deine Angst überwinden und in ein Flugzeug steigen könntest. Keine Zweifel."

Lana hatte das gleiche Gefühl, aber allein das Zögern fühlte sich schlimm genug an. „Mir gefällt es nicht, eine Schwäche zu haben. Und ich zeige sie nicht oft. Während ich von meinem Dad und meinen Brüder auf der Ranch großgezogen wurde, habe ich versucht, so stark wie sie zu sein. Außerdem habe ich zu all meinen Brüder aufgeschaut und sie haben mich wie die kleine Schwester behandelt, die ich war. Das hat nur dazu geführt, dass ich noch mehr versucht habe, wie sie zu sein. Aber wenn es darum ging, in ein Flugzeug zu steigen, konnte ich ihnen nichts vormachen. Gottseidank hat man einen Viehanhänger dabei, wenn man zu einer Pferdeshow oder einem Rodeo reist. Daher war die Fahrt mit dem Truck unser häufigstes Verkehrsmittel."

„Na ja, wenn es dir ein Trost ist: Von der Zeit, in der du deinen Koffer packst und zum Flughafen fährst, zwei Stunden vor dem Flug wartest – wie es heutzutage empfohlen wird – und dann landest, auf deinen Koffer wartest und dann vom Flughafen zum Krankenhaus fährst, hättest du sechs oder sieben Stunden gebraucht. Vielleicht acht, weil du meintest, der Flughafen läge eine zweistündige Fahrt vom Krankenhaus entfernt. Das könnten zehn Stunden sein. Die Autofahrt könntest du in sechzehn Stunden schaffen, wenn du durchfährst… das ist kein allzu großer Unterschied. Das ist doch aufmunternd."

Lana war dankbar für Jessicas Aufmunterungsversuche. Aber tief im Inneren änderte es nichts an den Schuldgefühlen, selbst wenn sie wusste, dass die Zeitspanne nicht so viel länger war.

„Du hast Recht. Danke." Sie verbarg den Schmerz tief in ihrem Inneren und hielt ihn dort zurück. Doch er war dort und drängte, wieder hervorzubrechen.

Das Geräusch des Trucks war zu hören. „Das muss Cam sein. Ich denke, ich habe das Klappern des Anhängers gehört." Sie nahm ihre Tasche und folgte Jessica aus ihrem Schlafzimmer und ging zur Eingangstür. Levi und Kevin waren bereits auf der

Veranda.

Cam kam mit großen Schritten die Auffahrt hinauf. Der Truck und der Anhänger waren auf der Straße vor dem Haus geparkt. Auch wenn es zu so einem Zeitpunkt unpassend war, setzte ihr Herz einen Schlag aus, während sie Cam näherkommen sah. Sie sagte sich, dass das ausschließlich wegen der vor sich gehenden Ereignisse war. Aber sie war sich nicht sicher, ob sie sich damit nur selbst belog, weil es hilfreich war. Doch die Wahrheit war, dass er ein umwerfender Mann war – vor allem wegen seiner liebevollen Aufmerksamkeit, die er ihr entgegen brachte.

„Bist du bereit?" Sein Blick zeigte die Sorge und Stärke von jemandem, auf den man sich verlassen und an den man sich anlehnen konnte.

Sie nickte und er griff nach ihrer Tasche.

„Dann los. Je eher wir losfahren, desto eher kannst du deinen Dad sehen."

„Mach dir keine Gedanken wegen des Abschließens hier. Ich werde mich um alles kümmern.

Du fährst jetzt los", sagte Jessica.

Sie legte ihre Arme um Jessica. „Danke für all deine Unterstützung, ich schulde dir etwas."

Jessica runzelte die Stirn. „Du schuldest mir nichts. Dafür sind Freunde doch da. Jetzt geh – denk dran, dein Dad wird in Ordnung kommen. Also genieß die Fahrt." Sie zwinkerte. „Du machst eine Fahrt mit einem attraktiven Cowboy. Und einem hilfsbereiten dazu. Das ist unschlagbar."

KAPITEL ACHT

Wenige Augenblicke später fuhren sie und Cam die Straße entlang. Cam wollte so sehr, dass sie sich besser fühlte. Er lächelte sie an und versuchte, sie aufzumuntern.

„Kann ich dir was zu trinken oder so holen, bevor wir aus der Stadt fahren?"

Sie hatte ihre Hände in ihrem Schoß verschränkt und saß sehr steif. Wenn sie während der gesamten Fahrt so sitzen blieb, würde sie ganz verspannt sein, wenn sie ankamen und eine Massage brauchen.

„Mir geht es gut, wirklich. Ich werde sicher

irgendwann mal aussteigen müssen, nur jetzt noch nicht.“

Dieses Mal lächelte er. „Klingt nach einem Plan.“

„Also deine Ranch in Texas, erzähl mir davon“, sagte sie nach ein paar Augenblicken.

Sie waren auf der Brücke und fuhren aus Windswept Bay heraus in Richtung Festland. Sie waren von dem glitzernden, blauen Wasser umgeben, als die Sonne unterging und begann, das Wasser mit goldenen Flecken zu besprenkeln.

„Du liebst es dort, nicht wahr?“, fuhr sie fort.

„Tue ich. Es ist auf eine andere Art und Weise wunderschön. Du als Texanerin weißt, was ich meine. Ich habe gute Nachbarn und Sweet River, die Stadt, in der ich lebe, ist nicht zu groß und die Leute sind wirklich nett – es ist perfekt. Grant – Calis Ehemann – hat eine Ranch nebenan. Es wird ein toller Ort sein, um irgendwann Kinder großzuziehen.“

„Klingt wie die Stadt Ransom Springs, Texas, wo ich herkomme. Da muss es eine Wasserquelle gegeben haben, damals als sie sie benannt haben. Ransom Springs hat eine schöne Größe. Eigentlich liebe ich meine Heimatstadt." Sie lachte leise und es tat gut, das zu hören. „Aber ich bin nach Windswept Bay gezogen, um von dort wegzukommen. Wie ich dir an dem Tag erzählt habe, als ich zu den Ställen kam und dir praktisch meine Lebensgeschichte erzählt habe." Sie konnte noch immer nicht glauben, dass sie ihm direkt, nachdem sie ihn kennengelernt hatte, von Dave erzählt hatte.

„Also glaubst du, dass du zurück nach Hause gehst?"

„Gestern hätte ich nein gesagt. Heute bin ich mir nicht sicher. Ich habe versucht, auf eigenen Füßen zu stehen, wegzukommen von meinem überfürsorglichen Vater und meinen Brüdern, genauso wie von meinem Trennungsfiasko. Ich war es satt, dass sie mir sagten, wie ich mein Leben führen sollte. Sie haben es aus Liebe getan, aber es hat mich einfach irgendwie verrückt gemacht. Aber jetzt mein Dad..." Ihre Worte verstummten und sie schaute aus dem Fenster.

Er hörte die Tränen in ihrer Stimme und sah einen feuchten Glanzin ihren Augen, bevor sie sich wegdrehte. Ihm gefiel es nicht, sie verletzt zu sehen.

Hier ging etwas Tiefgehendes vor sich, das spürte er.

In der kurzen Zeit, die er sie kannte, hatte Cam den Eindruck bekommen, dass Lana schnell weinte, und ihr gefiel nicht, dass irgendjemand das wusste. Lana hatte eine Sanftheit, die sie versuchte, zu verbergen.

„An einem gewissen Punkt musst du deine Flügel ausbreiten." Er hoffte, dass das ihr half, sich besser zu fühlen. Jetzt gerade, wo ihr Dad so krank war, war er unsicher, wie er ihr helfen konnte. „Du musst deinen eigenen Weg finden und manchmal bedeutet das, zu fliehen. Ich hab es getan."

„Wirklich? Du bist weggegangen, um zu fliehen?"

„Ein wenig. Ich wollte es allein schaffen. Ich bin so veranlagt. Aber dennoch gab es kein Drama, weil ich weggezogen bin. Meine Familie wusste immer, dass ich nach Texas gehen würde. Es war immer mein Traum gewesen, dort eine Ranch mit Pferden und Rindern zu besitzen, also habe ich dort nach einem Job gesucht, sobald ich alt genug war."

Ihre Schultern sanken und sie schien beunruhigt. Er wollte den Arm ausstrecken und ihn um ihre

Schulter legen.

„Ich habe dir nicht erzählt, wie traurig mein Dad über mein Weggehen war, ist. Er ist wirklich starrsinnig. Er versteht es nicht."

„Warum das? Hat er versucht, dich abzuhalten? Dachte er nicht, dass du es schaffen könntest?" Er schaute auf die Straße und hörte ihr Seufzen. Er schaute kurz zu ihr und sie verzog ihr Gesicht.

„Vielleicht. Doch vor allem denke ich, dass er mich in seiner Nähe haben will. Aber der Druck meiner Familie, die mir ständig versucht, zu sagen, was ich machen soll, wird nervig."

„Klingt als hättest du gute Gründe gehabt, um zu gehen. Du kannst deine Entscheidung nicht im Nachhinein in Frage stellen."

„Ja", sagte sie und klang nicht überzeugt. „Vielleicht. Aber jetzt das…"

Cam konnte nicht anders; er streckte seinen Arm aus und legte eine Hand auf ihren Unterarm. „Alles wird gut werden, Lana. Du musst nachsichtig mit dir sein und nicht so streng. Ich sage dir, dein Dad wird es irgendwann verstehen. Du bist sein kleines Mädchen und ich bin ziemlich sicher: wenn du ihn mit diesen schönen Augen ansiehst, würde er alles tun, um ein Lachen in dein Gesicht zu zaubern."

Ihre Augen weiteten sich ein wenig und sein ihr Blick berührte sein Herz.

„Du hast so eine Art, mit Worten umzugehen, Cam Sinclair."

Er grinste. „Ich versuche zu jeder Zeit, zu helfen."

Sie lachte. Dieses Mal war es ein leichteres Lachen und ein zartes Band zog sich fest um sein Herz.

„Du versüßt mir den Tag und das lässt mich an meinen Dad denken. Er bringt mich so gern zum Lachen. Er sagt immer, mein Lachen wäre wir ein Sonnenstrahl."

„Das ist eine perfekte Beschreibung", sagte er, bevor er sich zurückhalten konnte.

Aber es stimmte. Wenn sie ihr schönes Lächeln zeigte, dann konnte er sehr gut dahin schmelzen. Sie wusste wahrscheinlich nicht einmal, welche Kraft ihr Lächeln haben konnte.

Und vielleicht hatte es nur auf ihn diesen Effekt.

Sie fuhren einige Kilometer, ohne viel zu sagen. Lana war sich nicht sicher, ob Cam tief in Gedanken versunken war oder einfach versuchte, ihr etwas Freiraum zu lassen, aber die Stille war nicht gut für ihren Kopf. Sie dachte unablässig an ihren Dad. Daran, wie er in seinem Krankenhausbett lag, lebendig. Aber sie kannte ihn und er dachte jetzt gerade wahrscheinlich an seine eigene Sterblichkeit. Dachte daran, wie er hätte sterben können. Und er fragte sich wahrscheinlich, wie lang er noch zu leben hatte.

Sie tat es.

Diese Gedanken waren weder tröstend noch hilfreich, sie weckten in ihr nur das Bedürfnis, zu schreien. Sie musste bei ihm sein. Um ihn zu trösten und um mit ihm zu reden.

Wenn sie es schaffte, nicht an ihren Dad zu denken, wanderten ihre Gedanken zu dem Cowboy, der neben ihr den Truck fuhr. Cam machte sie nervös, nicht auf die Steig-in-ein-Flugzeug-Art von nervös, sondern auf eine kribbelige, angenehme Art. Wann immer er diese durchdringenden, blauen Augen auf sie richtete, bekam sie weiche Knie. Dann schimpfte sie mit sich, weil sie den Fokus verloren hatte und dachte wieder an ihren Dad. Es war eine sehr seltsame Endlosschleife von Gedanken.

„Also ich halte es nicht aus, nicht zu reden. Es macht mich verrückt, an meinen Dad und alles zu denken. Also erzähl mir, was dir an der Ranch am besten gefällt… Pferde – bist du ein begnadeter Reiter oder sind es die Rinder, die du magst? Oder gefällt dir einfach, das Land zu besitzen?"

Sofort zeigte sich dieses betörende Lächeln auf seinen Lippen und ihre Knie wurden schwach. Und da waren Schmetterlinge, jede Menge Schmetterlinge. Er hatte eine Wirkung auf sie wie niemals jemand zuvor… selbst Dave nicht.

„Alles davon. Ich bin durch und durch ein Rancher und ein Cowboy. Ich liebe es, auf dem Land zu sein. Ich liebe es, mit meinen Pferden früh am Morgen auszureiten und den Sonnenaufgang am Horizont zu sehen, während ich über die Ranch reite. Ich schaue gern dabei zu, wie meine Rinder versorgt werden und wie Kälber und Fohlen geboren werden."

„Ich weiß, dass du bei Bess angefangen hast, zu

reiten, aber wie hat das alles angefangen?"

„Magst du alte Westernfilme?"

„Sehr."

„Ich auch. Als ich ein Kind war, habe ich mit meinem Opa alte Filme geschaut. Weißt du, John Wayne in *The Cowboys* war mein Liebling. Als er all diese Schuljungen anstellen musste, weil seine Männer alle weg waren. Ich erinnere mich, dass ich ganz klein war, als ich diesen Film sah. Aber ich wollte einer dieser Jungen sein, der ausgewählt wurde, um das Vieh einzutreiben."

Sie lachte, als sie sich ihn als ernsten, kleinen Jungen vorstellte, der diesen Film sah.

„Ich wollte wie dieser raue, starke Cowboy sein. Daran hat sich nie etwas geändert."

Lana kicherte. „Du bist also ein rauer, taffer Cowboy?"

Jetzt lachte er. „Ich erledige den Job."

Sie schaute ihm gern beim Reden über die Ranch zu. Sein Gesicht wurde lebhaft und er sprach mit seinen Händen, wenn er konnte. Und wenn er etwas wirklich meinte, senkten sich seine Augenbrauen in der

Mitte und seine Augen sprühten vor Leben. Es war genug, damit sich ein Mädel… *in ihn verliebte?*

Der Gedanke überraschte sie. Er traf sie eher wie aus heiterem Himmel.

Sie kannte den Mann kaum. Sie war nicht dabei, sich zu verlieben. Aber er hatte eine Wirkung auf sie, das war auf keinen Fall zu leugnen.

„Du magst also diese Filme, die im Alten Westen spielen. Glaubst du, du hättest lieber damals gelebt?" Sie war wirklich interessiert. Sie kannte Cowboys, die sich wünschten, im 19. Jahrhundert, mitten in der Zeit der Cowboys geboren worden zu sein. Sie nicht.

„Ich weiß, du erwartest, dass ich ja sage, aber die Antwort ist nein. Ich genieße die Annehmlichkeiten des Lebens. Ich genieße die Möglichkeit, mehr vom Land zu sehen. Damals war es wirklich schwer, mehr vom Land zu sehen, weil es auf dem Rücken eines Pferdes so lange dauerte. Ich finde die Vorstellung, Indianer zu bekämpfen, nicht reizvoll und mag heiße Duschen sehr." Er lachte. „Ich bin kein Weichei, aber ich gehe gern sauber ins Bett, ohne in einem Fluss baden zu müssen. Ich mag Viehtriebe, die nicht länger

als vielleicht zwei Abende dauern. Überrascht dich all
das?"

„Ein wenig. Du schienst so entschlossen, nach
Texas zu gehen. Daher hatte ich wohl erwartet, dass du
lieber damals zu Cowboy-Zeiten gelebt hättest. Aber
ich verstehe dich vollkommen. Ich mag heutzutage ein
Cowgirl sein, aber ich mag die Bequemlichkeiten
ebenfalls. Wir haben viel gemeinsam."

„Ja, haben wir", sagte er mit langgezogenem,
texanischem Akzent.

„Mein Dad wird dich mögen. Meine Brüder auch.
Sie sind auch so, außer meinem Bruder Vance. Ich
denke, er wäre für einen Rückschritt. Bevor er seine
Leidenschaft in der Rodeo-Arena gefunden hatte, war
er im Winter tatsächlich in den Norden auf eine Ranch
in Montana gezogen. Das war fast wie damals im 19.
Jahrhundert, weil er auf einer abgelegenen Farm in
einer winzigen Baracke lebte und den Winter über
einen Teil der Ranch beaufsichtigen sollte."

„Ja, das ist anstrengend. Ich habe Freunde, die
Farmen dort oben haben und ich habe sie besucht.
Traumhaft auf eine andere Art als Texas und

wunderschön. Wenn dein Bruder sich dazu entschieden hat, im Winter dort hin zu gehen, hat er nach Entbehrung gesucht." Er grinste und schüttelte den Kopf.

„Ja, er hat nach einer Herausforderung gesucht. Das ist Vance. Deswegen jagt er jedes Jahr der Nationalen Rodeo-Trophäe nach. Ein Kampf zwischen ihm und einem Bullen in der Arena passt zu ihm."

„So scheint es."

Die Kilometer schienen zu verfliegen, während sie sich über ihre Liebe zum Farmleben austauschten. Lana hatte versucht, zu bestreiten, dass sie es vermisste, aber das tat sie. Zumindest in vielerlei Hinsicht. Andere Angelegenheiten vermisste sie nicht so sehr.

KAPITEL NEUN

Sie fuhren die Strecke von Florida entlang, auf der es nicht viel zu sehen gab, nur Bäume zu beiden Seiten des Highways. Normalerweise eine langweilige und endlose Strecke. Glücklicherweise unterhielten sie sich und mit Cam am Steuer schien sie nicht so langweilig und endlos.

„Okay, ist es Zeit für einen Boxenstopp?", fragte Cam.

„Ja, du liest meine Gedanken. Ich könnte meine Beine etwas strecken und eine Toilette wäre auch super. Woher wusstest du das?"

„Ich bin mit vier Schwestern aufgewachsen."

„Oh ja. Und ich bin mit fünf Brüdern aufgewachsen. Sie können stundenlang ohne Zwischenhalt fahren."

Er grinste „Na ja, ich kümmere mich besser um dich."

Er nahm die Ausfahrt und sie fuhren auf den großen Parkbereich für Trucks mit angrenzender Grünfläche. Er parkte den Truck und den Anhänger bei einer Zapfsäule. Sie gingen zur Rückseite des Anhängers, um nach den Pferden zu sehen. Sie spähte durch das Gitter und war froh, zu sehen, dass es der Mutter und ihrem Fohlen gut ging.

„Hey kleiner Freund." Sie rieb seinen Hals, als der Hengst sich neben sie stellte. „Du bist ein geborener Reisender." Der Hengst buckelte seinen Kopf nach hinten und senkte sein Kinn als würde er ihr zustimmen. Sie lachte. „Okay, ich muss reingehen. Bin gleich zurück."

Der Hengst wieherte und kratzte mit seiner Hufe über den Holzboden des Anhängers. Die Stute schaute voller Stolz auf.

Cam blickte zum Himmel. „Wir könnten in schlechtes Wetter geraten. Geh schon mal vor. Ich tanke und schau die Wetterberichte an und dann komme ich rein."

„Dort sieht es dunkel aus." Lana schauderte. „Ich weiß, dass du vorhattest, morgen früh zu fahren. Du wusstest wahrscheinlich schon, dass es schlechtes Wetter geben würde, als du sagtest, du würdest mich bringen. Ich hoffe, ich habe keine Probleme verursacht."

„Ich bin schon vorher mit Pferden bei schlechtem Wetter gefahren, daher kenne ich das. Ich sehe keine Tornadowarnungen. Geh du rein und alles wird gut."

Sie machte sich dennoch Sorgen. Er war ein geübter Fahrer und sie vertraute ihm. Sie war selbst mit Vieh durch Stürme gefahren, daher wusste sie, dass es nichts Ungewöhnliches war. Aber sie fühlte sich verantwortlich.

Nachdem sie auf der Toilette gewesen, einen Becher Kaffee und eine Tüte Schokolade geholt hatte, um sie auf der Fahrt zu teilen, ging sie zurück nach draußen.

Sie ging über den Parkplatz und sah auf dem Behindertenparkplatz einen älteren Mann und eine ältere Frau, die in ihr Auto stiegen. Die Lady schien Probleme zu haben, als der Mann ihr behutsam beim Einsteigen half.

Lana blieb stehen. „Brauchen Sie Hilfe?“

Der Mann lächelte sie an. „Wir kommen zurecht, aber danke, dass Sie gefragt haben. Meine Frau hat einen schmerzenden Rücken, aber sie schafft das.“

Die Lady lächelte sie an und schaffte es in diesem Moment, sich hinzusetzen. „Ja, ich bin neulich hingefallen und habe meinen Rücken kaputt gemacht. Es wird mir bald wieder besser gehen. Aber Ein- und Aussteigen ist jetzt sehr schwierig. Danke, dass Sie Ihre Hilfe angeboten haben. Sind das Ihre Pferde? Wir haben Sie aus dem Truck aussteigen sehen, als wir getankt haben.“

„Nein, Madam, die gehören meinem Freund. Er bringt sie nach Hause auf seine Ranch in Texas.“

„Wir haben gerade erst die Grenze zu Texas überquert. Es ist eine lange Fahrt.“

„Und schlechtes Wetter zieht auf, also passen Sie

auf sich auf."

„Das werden wir."

„Okay, machen Sie es gut." Lana ging in Richtung Truck und Anhänger und sah dem Auto nach, wie es auf die Straße fuhr und dann auf den Highway abbog.

Sie hoffte, dass sie bald zu ihrem Hotel und raus aus dem Wetter, das aufzog, kommen würden.

Sie lächelte, als sie Cam aus dem Laden kommen sah. Er war hineingegangen, als sie am Tresen ihre Snacks bezahlt hatte. Er trug seinen eigenen Kaffeebecher.

Er lächelte sie an und sie musste zugeben, dass er ihren Tag besser machte und ihre Stimmung etwas aufhellte.

Cam hatte am Tresen bezahlt und durch das Fenster gesehen, als Lana mit dem älteren Paar gesprochen hatte. Er fühlte sich verantwortlich ihr gegenüber. Das würde er ihr nicht sagen, aber er konnte verstehen, warum ihre Brüder und ihr Dad sie beschützen wollten. Trotz der Tatsache, dass sie eine sehr unabhängige

Frau war, war sie noch immer eine Frau. Nicht, dass sie hilflos war. Er hatte das Gefühl, dass sie, wenn sie wütend wurde, wahrscheinlich explodieren konnte. Dennoch würde das ihre Familie nicht davon abhalten, zu versuchen, sie zu beschützen. Und es würde auch ihn nicht abhalten. Sie war ein guter Mensch. Das war offensichtlich.

Er beobachtete, wie sich ihre Haare durch das leichte Schwingen ihrer Hüften bewegten. Er hatte gedacht, dass die Anziehungskraft, die er ihr gegenüber empfand, abnehmen würde. Schließlich wollte sie nicht zurück nach Texas ziehen und es war nutzlos, sich zu einer Frau hingezogen zu fühlen, die nicht dort leben wollte, wo er lebte. Aber es war ein aussichtsloser Kampf, denn er empfand definitiv eine starke und wachsende Anziehungskraft.

Sie erreichte den Truck und drehte sich.

„Ich hätte dir einen Kaffee mitgebracht, wenn du gefragt hättest", sagte sie. „Auch wenn ich dich hätte fragen können. Ich hab uns eine Kleinigkeit mitgebracht." Sie hielt eine ziemlich große Tüte mit Schoko-Erdnüssen hoch.

„Das sieht jetzt nach etwas aus, das ich im Handumdrehen verschlingen könnte."

Sie grinste. „Ich ebenfalls. Ich weiß nicht, warum ich auf Reisen andauernd etwas knabbern will."

„Ich werde mich nicht beschweren."

„Du bist die Art Mann, die mir gefällt." Sie griff nach der Tüte und hob plötzlich den Kopf. „Ich meine, ich bin froh, dass du Schokolade magst."

Er lachte leise vor sich hin und freute sich über die leichte Röte auf ihren Wangen.

„Das wird bis zum Abendessen reichen", fügte sie hinzu.

Er ließ ihre Bemerkung unkommentiert. Er hatte das Gefühl, sie würde ungern damit aufgezogen werden. Aber er mochte die Vorstellung, dass er die Art Mann war, die ihr gefiel.

„Wir halten etwas später auf der Strecke zum Abendessen. Falls das okay ist."

„Ich bin dafür."

Innerhalb von Minuten waren sie zurück auf der Straße. Sie riss die Packung mit Erdnüssen auf, nahm ein paar Schoko-Erdnüsse und hielt ihm die Tüte hin.

„Nimm eine Handvoll – sie sind köstlich."

„Von mir aus gerne." Er streckte seine Hand aus und sie schüttete eine ordentliche Portion in seine Handfläche. Sofort warf er sich ein paar in den Mund. „Nicht schlecht. Ganz und gar nicht schlecht."

Sie lachte. „Gib zu, dass du unwiderstehlich findest."

„Okay, ich finde sie unwiderstehlich." Er lächelte und hielt seine Hand für mehr auf.

Sie aßen, fuhren den Highway entlang und genossen die Leichtigkeit, die sich zwischen ihnen entwickelt hatte. In der Ferne wurden die Gewitterwolken zunehmend dunkler. Er wusste, dass es nicht mehr lange dauern würde, bis sie sich direkt darunter befanden.

„Warum wolltest du Lehrerin werden?", fragte er.

„Ich mag Kinder und will Teil ihrer Erziehung sein. Und es gibt auch einen persönlichen Grund. Mir gefällt die Vorstellung, später den Sommer mit meinen eigenen Kindern frei zu haben. Da meine Mom starb, als ich geboren wurde, bin ich ohne weibliche Bezugsperson aufgewachsen. Ich will in der Lage sein, so viel Zeit wie möglich mit meinen Kindern zu verbringen.“

In diesem Moment trat Cam offiziell dem Lana Presley Fanclub bei. „Ich mag deine Art zu denken. Es tut mir leid, dass du deine Mutter verloren hast. Ich weiß, dass das schwer für dich war. Ich weiß nicht, was ich getan hätte, wenn ich meine Mom nicht gehabt hätte.“

„Als kleines Mädchen habe ich so getan, als sei ich wie alle anderen kleinen Mädchen und dass meine Mutter am Leben sei. Sie war wie meine unsichtbare Freundin.“

Cam bekam bei ihren Worten einen Kloß im Hals. Es war unglaublich traurig, sie sich mit ihrer unsichtbaren Freundin vorzustellen. „Menschen kommen auf unterschiedliche Arten zurecht – deine Art ist eine traurig, damit umzugehen.“ Er streckte seinen Arm aus und drückte ihre Schulter, weil er sie trösten wollte. „Ich hoffe, dass du ein Haus voller Kinder haben wirst und erleben kannst, wie es ist, Mutter zu sein.“

„Danke“, sagte sie leise. Ihre Blicke trafen sich,

bevor er sich wieder auf die Straße konzentrierte. „Ich hoffe auch auf ein volles Haus." Sie lachte, als sein Blick zu ihr zurück schweifte. Ihre Augen funkelten. „Ich hoffe, dass ich ein paar Mädchen und ein paar Jungs habe."

Er lachte. „Na ja, selbst wenn du fünf Söhne und nur eine Tochter hast, wird deine Tochter dich haben."

„So Gott will, ja. Und sie wird auch ihre Brüder haben. Meine Brüder waren großartig – überfürsorglich, das stimmt – aber ich würde für jeden von ihnen alles geben. Sie sind wundervoll."

„Sie machen sich offensichtlich Sorgen um dich. Was, wie ich zugeben muss, einfach ist. Du bringst mich dazu, dich beschützen zu wollen... daher verstehe ich ihren Standpunkt." Er warf ihr einen flüchtigen Blick zu, unsicher, wie sie die Wahrheit aufnehmen würde.

„Du bist schnell ein toller Freund für mich geworden, Cam. Ich habe dir so viel über mein Leben erzählt und normalerweise bin ich nicht so gesprächig, was meine persönlichen Angelegenheiten angeht."

„Ich freue mich, dass du dich wohlgefühlt hast,

mit mir zu reden. Ich hoffe, du hast mir diese Dinge erzählt, weil du mir vertraust. Mir *kann* man vertrauen. Ich bin mir sicher, dass Vertrauen etwas ist, mit dem du Schwierigkeiten hast. Wenn man bedenkt, was du durchgemacht hast."

„Oh, das sind weise Worte. Du hast ganz Recht. Ich kämpfe mit Vertrauensproblemen. So sehr, dass ich nicht mal angefangen habe, mich für neue Dates zu interessierten. Was merkwürdig ist, weil ich keine Schwierigkeiten hatte, Jessica zu neuen Dates zu ermuntern, als Levi auftauchte. Ich hatte kein Problem, ihr zu sagen, dass sie ihm vertrauen soll."

„Hey, wir reden über Levi. Was an meinem Bruder ist denn nicht vertrauenswürdig? Wenn man ihm nicht vertrauen kann, dann niemandem."

„Stimmt. Aber wenn du verletzt wurdest, ist es schwer, dein Herz dazu zu bringen, es zu glauben. Aber du vertraust mir?" Ihre Lippen verzogen sich nach oben. „Wir reden nicht über den Datingmarkt, sondern über einen Freund, der einem Freund hilft, indem er ihn nach Hause fährt."

„Darüber redest *du*. Ich rede auch darüber, aber

ich hoffe zudem auf die Chance auf ein Date."

„Oh." Sie starrte ihn ungläubig an. „Wirklich…"

In diesem Moment öffnete sich der Himmel und machte es vorerst schwierig, die Unterhaltung fortzusetzen. Aber auf gar keinen Fall würde er es aufgeben. Sturm oder nicht, er würde weiterhin versuchen, dass Lana ihm die Chance auf ein Date gab.

Blitze erhellten den Himmel und das Donnergrollen und rüttelte am Truck.

Lana wusste, dass sie eine anstrengende Fahrt vor sich hatten, aber Cam hatte beide Hände am Lenkrad und war langsamer geworden. Offenbar war er schon oft mit einem Anhänger durch ungemütliches Wetter gefahren.

„Das wird unschön. Schau in deiner Wetter-App nach, ob es Tornados in dieser Gegend gibt."

Sie zog ihr Telefon heraus und öffnete den Wetterkanal. Sofort sah sie die Meldungen. „Oh ja, definitiv unter Tornadobeobachtung. Hier gibt es gerade mehrere Warnungen." Sorge erfüllte sie. Sie setzte sich aufrecht hin und suchte den schwarzen Himmel ab. Nicht, dass sie irgendetwas sehen konnte.

„Das hatte ich befürchtet. Aber ich denke, wir werden es schaffen. Wir nehmen die nächste Ausfahrt, halten zum Abendessen und verfolgen die Nachrichten."

„Das klingt gut."

Ein paar Minuten später fuhren sie auf einen Rastplatz und auf ein Diner zu. Selbst von außen konnten sie den Schein des Fernsehers im Barbereich sehen. „Das sollte reichen. Wir können durch die Fenster den Anhänger im Auge behalten. Es ist allerdings nicht die Art von Restaurant, die ich mir für ein Abendessen mit dir vorgestellt hatte."

Seine Worte lenkten ihre Aufmerksamkeit für einen Moment von dem Sturm ab. *Der Mann wollte mit ihr in einem hübschen Lokal Abendessen.* Die Vorstellung war schön. Und trotz der Tatsache, dass sie seit einem Jahr kein Date mehr hatte, weil sie nicht bereit war, jemandem zu vertrauen, schien der Mann zu verstehen, was in ihrem Kopf vorging. *Wusste er, dass sie ein schönes Abendessen mit ihm plötzlich sehr verlockend fand?*

Er parkte Truck und Anhänger. Nachdem er den Motor abgestellt hatte, griff er hinter den Sitz in den Fußraum des Trucks und zog einen Regenschirm hervor. Er gab ihn ihr. Ihre Finger streiften sich und ein Schauer glitt über ihren Arm.

„Ich bin mir nicht sicher, ob er dich allzu sehr schützen wird, so wie der Wind peitscht. Aber einen Versuch ist es wert." Er zog einen Überzug aus Plastik hervor und zog ihn über seinen Hut, um diesen vor dem Regen zu schützen. Und dann ergriff er eine Regenjacke und schlüpfte hinein. „Geh du schon rein. Ich muss nach den Pferden sehen. Brauchst du eine Jacke? Ich würde dir die hier geben, wenn du eine brauchst."

„Es geht schon. Ich habe eine Windjacke, die mich schützen wird." Sie griff in ihre Tasche. „Bist du sicher, dass du mich nicht bei den Pferden brauchst?"

„Nein, ich komme zurecht. Ich bin froh, dass du diese Stiefel anhast. Deine Füße werden in dem Wasser überschwemmt werden. Ich hätte dich direkt an der Tür rauslassen sollen."

„Ich werde nicht schmelzen. Ich bin bereits zuvor durch starken Regen gelaufen", sagte sie. „Aber es ist nett, dass du daran denkst. Wir sehen uns gleich." Sie sprang aus dem Truck und ging hinein.

Sie blieb im Eingangsbereich stehen, um auf Cam zu warten. Sie zog die inzwischen durchnässte Jacke aus. Cam würde völlig durchgeweicht sein. Sie konnte ihn in der Dunkelheit erkennen, wie er nach den Pferden sah und dann über den überschwemmten Parkplatz rannte.

Sie machte ihm die Tür auf. Er nahm seinen Hut ab. „Wir haben zu einer wirklich guten Zeit angehalten." Er zog seine Jacke aus und hing sie an einen der Haken neben der Tür.

Die Bedienung kam ihnen entgegen. „Ihr schaut rein, um dem Sturm zu entkommen?"

„Ja, es ist schrecklich dort draußen", sagte Lana. „Sind hier Tornados in der Nähe?"

Die Kellnerin nickte. „Ja. Aber das hier ist momentan der sicherste Ort, an dem man sein kann. Wollt ihr einen Sitzplatz im Barbereich, sodass ihr die Nachrichten verfolgen könnt?"

„Das wäre gut", sagte Cam.

Die Frau führte sie zum letzten freien Tisch neben der Bar.

Sie schaute sich im Diner um. „Ich bin froh, dass wir hier sind, aber alle, die in dem Sturm gefangen sind und sich nicht in Sicherheit bringen können, tun mir leid. Ich hoffe, dass ältere Pärchen sucht irgendwo einen Unterschlupf."

„Ich auch." Er griff nach einer Speisekarte und schaute sie durch. Sie tat dasselbe. „Ich glaube, ich nehme die Fajitas", sagte Cam.

Sie klappte die Karte zu. „Alles, was ich sagen kann, ist, dass wir auf derselben Wellenlänge sind, denn ich werde sie ebenfalls bestellen."

Er grinste. „Dann gibt es zweimal Fajitas."

Die Kellnerin kam zurück und er bestellte für beide. Die Kellnerin ging gerade vom Tisch weg, als starker Donner an den Scheiben des Diners rüttelte und plötzlich das Licht ausging.

KAPITEL ZEHN

„Ich hatte gehofft, dass wir genau hiervon verschont bleiben", grummelte Lana, sobald das Licht ausging.

Cam griff über den Tisch und legte seine Hand auf Lanas. „Alles wird gut", sagte er, da er sie beruhigen wollte. Er vermutete, dass der Sturm ihrem bereits vollen Kopf noch mehr Stress hinzufügte. „Ich werde dich zu deinem Dad bringen, also lass dich von diesem Wetter nicht noch mehr stressen."

„Danke, aber dort draußen ist es wirklich schlimm. Ich weiß, dass es meinem Dad gut geht, aber das wird die Fahrt verlängern."

Alle im Diner hatten angefangen, lauter zu sprechen, und manche waren aufgestanden und gingen herum, um aus den Fenstern zu blicken. Er musste etwas mit den Pferden machen, aber momentan waren seine Optionen begrenzt. Das war auch nicht grade das stabilste Diner, das er je gesehen hatte. Falls sich ein Tornado über sie hinweg bewegte, würden sie nicht mehr Unterschlupf haben als die Pferde im Anhänger.

„Ich werde dich dorthin bringen. Das verspreche ich", sagte er in dem erneuten Versuch, sie zu beruhigen.

„Danke. Aber wir könnten in der Klemme sitzen." Lana drehte ihre Hand unter seiner und ergriff seine Hand.

Sein Herzschlag beschleunigte sich.

Eine Sache, die er über Lana gelernt hatte, war, dass sie nichts schönredete. „Ja, könnten wir. Aber ich denke positiv. Ich werde rausgehen und mich umsehen, schauen, ob ich irgendetwas höre oder sehe, wenn der nächste Blitz auftaucht. Bleib hier, weg von den Fenstern und krieche unter diesen Tisch, sollte das nötig werden." Er konnte sich ihren Gesichtsausdruck in der Dunkelheit nur vorstellen. Ihre Hand schloss sich fester um seine.

„Sei vorsichtig. Ich kann auch mitkommen –"

„Nein, du bleibst hier. Das meine ich ernst, Lana", warnte er, als sie Anstalten machte, aufzustehen.

„Gut. Ich werde warten, aber wenn du nicht bald zurückkommst, werde ich dort raus kommen."

Er stand auf und ging zu ihrer Seite des Tisches. Dann lehnte er sich nach unten, und brachte sein Gesicht in der Dunkelheit nahe an ihres. Bei dem zarten Duft ihres Shampoos wollte er sich noch weiter vor lehnen. „Rühr dich nicht vom Fleck. Ich komme zurück. Ich will nicht, dass deine Brüder und dein Dad kommen, um mich zu holen." Und dann konnte er nicht anders als sie zu küssen. Er hatte sie seit dem Mal im Stall erneut küssen wollen und jetzt tat er es.

Sie rang nach Luft, als seine Lippen ihre berührten; dann umfasste sie seinen Kiefer und erwiderte seinen Kuss. Sein Adrenalin schoss in die Höhe und sein Atem stockte in seiner Brust.

„Ich komme zurück", murmelte er und ging zur

Tür. Blitze leuchteten auf und Donnergrollen explodierte gerade in dem Moment, als er im Eingangsbereich seine Regenjacke nahm. Zumindest dachte er, dass es das Wetter war, das um ihn herum verrücktspielte… es hätten auch die Wirkungen des Kusses sein können, denn für ihn explodierten gerade definitiv Feuerwerkskörper und Raketen.

Alles, was Lana tun konnte, war, nicht mit Cam zu gehen. Sie sprang von ihrem Stuhl, ihr Herz hämmerte von dem Kuss, den sie geteilt hatten, wie der Donner draußen. Damit vermischte sich die Sorge in ihrem Inneren.

Dieser Sturm war schlimm geworden.

Der Wetterbericht im Fernsehen war angesichts der Dunkelheit nicht länger eine Option. Daher nahm sie ihr Handy und war froh, dass sie darauf noch immer einen Bericht einsehen konnte. Überall in der Gegend waren Überflutungsberichte. Es hatte sich von null auf sechzig Sekunden von schlimm zu gefährlich entwickelt. Blitze erhellten den Himmel erneut und sie sah Cam in den Truck steigen. Dann startete er ihn. Wenn sie Recht hatte, bewegte er den Anhänger zur Seite des Diners, was den Tieren etwas Entlastung von dem Regen geben würde. Sein Anhänger war stabil und hatte Seitenteile und ein Dach im Gegensatz zu einem nur aus Gitter bestehendem offenen Anhänger, daher spendete er den Pferden Schutz vor dem Großteil des Regens. Er hatte das Fenster vorhin geschlossen, bevor er ins Diner gekommen war; dennoch rüttelte der Wind an den Seiten und sie hatte das Gefühl, dass die Pferde nervös wurden. Er tat, was sie gedacht hatte, und fuhr den Anhänger zur Rückseite herum. Einige Augenblicke später erspähte sie ihn, wie er durch den Regen in Richtung Tür gelaufen kam.

Erleichterung kam über sie, als er das Diner betrat. Er war in Sicherheit – oder so sicher wie sie in Anbetracht der Situation sein konnten. Sie konnte nicht anders. Sie stürmte zu ihm und legte ihre Arme um ihn.

„Hey, du wirst nass werden." Er lachte, doch hielt sie an sich gedrückt.

„Ich bin froh, dass du in Sicherheit bist." Dann zog sich verlegen aus seinen Armen. Ihr Shirt war jetzt nass, aber das war ihr gleichgültig. Sie war überglücklich, dass es ihm gut ging.

Die Kellnerin verteilte Kerzen und brachte eine zu ihrem Tisch. „Willst du ein wenig Kaffee, Cowboy? Wir haben noch welchen, der warm ist, da die Lichter noch nicht lange aus sind."

„Das wäre großartig." Cam schälte sich aus seiner Jacke und legte sie in die leere Sitznische neben sich. „Habt ihr einen Notfallstromgenerator?"

„Sorry. Der funktioniert nicht. Aber unser Koch hat die Polizei angerufen – sein Bruder ist einer der Beamten – und der sagte ihm, die Gefahr wäre fast vorbei. Ich bringe den Kaffee. Vielleicht setze ich mich auch dazu."

Lana musste zugeben, dass das nach einer guten Idee klang. „Ich denke, es wird bald vorbeiziehen, solange sich in den nächsten paar Minuten kein Wirbelsturm entwickelt."

„Hoffen wir, dass du Recht hast." Er lächelte im Kerzenlicht. „Bis dahin sitzen wir es einfach aus. Zumindest hab ich tolle Gesellschaft."

Sie lächelte, glitt in ihre Sitznische und macht ihm

Platz, als die Kellnerin seinen Kaffee und auch eine Tasse für Lana brachte und sie auf den Tisch stellte.

„Genießt ihn. Vielleicht wird er helfen, das nasse Frösteln loszuwerden. Du bist dort draußen ziemlich durchgeweicht", sagte sie.

„Alles gut. Ich bin schon zuvor nass geworden. Danke für den Kaffee. Lass mich wissen, wenn ich mit irgendetwas helfen kann", bot Cam an.

„Danke, aber wir werden es einfach aussitzen müssen. Sieht so aus als hätten wir eine ziemlich ruhige Meute." Sie ging weg, um sich um die anderen Gäste zu kümmern, die darauf warteten, dass der Sturm vorbeizog.

„Also, jetzt warten wir einfach." Cam nahm seine Tasse. Draußen leuchteten Blitze auf und erhellten einmal mehr den Himmel. „Sieht so aus als könnten wir auch die Show genießen."

Und was für eine Show das war. Die Blitze leuchteten auf und der Donner grollte. Auch wenn sie den großen Fenstern fernblieben, hatten sie dennoch eine großartige Sicht auf die Natur in all ihrer Pracht – oder Heftigkeit –, während sie sich unterhielten und die Nacht beobachteten.

Zwei Stunden später flaute der Sturm ab.

„Wir versuchen es wohl besser mal", sagte Cam. Sie liefen durch den Regen und kletterten zurück in den Truck.

„Das ist verrückt!" Sie lachte atemlos, als sie die Tür hinter ihr zuzog.

„Wem sagst du das. Okay, dann bringen wir dich jetzt nach Hause zu deinem Dad. Vielleicht solltest du versuchen, zu schlafen, sodass du nicht todmüde bist, wenn wir ankommen."

„Ich glaube nicht, dass ich dazu in der Lage bin. Wissend, dass du keinen Schlaf bekommen wirst."

„Ich mach das ständig. Kein Problem für mich."

„Wir werden sehen." Sie beobachtete die dunkle Straße. „Es sind jetzt nicht viele Leute unterwegs", sagte sie in der Hoffnung, das Thema zu wechseln.

„Die meisten Leute haben Zuflucht gefunden und fahren jetzt nicht durch die Gegend. Aber wir haben einen wichtigen Ort zu erreichen." Er warf ihr ein unbeschwertes, liebevolles Lächeln zu. Dies brachte sie dazu, ihn noch mehr zu mögen.

„Das ergibt Sinn. Wenn ich nicht versuchen würde, nach Hause zu kommen, wäre ich auch nicht auf der Straße."

Entlang der Strecke kamen sie an mehreren Autos vorbei, die an der Seite der Straße an verschiedenen Streckenabschnitten auf den nächsten fünfzehn Kilometern parkten. „Sie wurden vom Sturm erwischt. Ich wette, es war beängstigend, ihn im Auto aussitzen zu müssen." Sie hatte Mitleid mit ihnen. Im Diner war es beängstigend genug gewesen.

Plötzlich entdeckte sie ein Auto, das sie wiedererkannte. „Cam, das ist das ältere Pärchen, mit dem ich heute Nachmittag gesprochen habe. Er stand draußen am Auto."

„Ich denke, er versucht, einen Reifen zu wechseln." Cam begann, den Truck zu bremsen, während er sprach.

„Wirst du ihnen helfen?"

„Ja. Ich hoffe, die Unterbrechung macht dir nichts aus?"

„Oh nein, ich freue mich. Ich will ihnen helfen."

„Gut. Ich werde dich in jedem Fall zu deinem Dad bringen."

Sie lächelte ihn an. „Ich weiß, dass du das wirst. Aber an ihnen auf dem Seitenstreifen vorbeizufahren, würde mich ewig verfolgen, daher danke."

„Ich nehme die Notfallkreuzung dort vorn. Falls wir den Anhänger darüber kriegen. Das kommt darauf an, was der Regen mit der Kreuzung gemacht hat…" Er wurde langsamer und schaute über die Schulter, während er den Boden zwischen den Highway-Spuren überprüfte. „Sieht gut aus. Ich denke, das können wir so machen."

Sie war erleichtert, als sie zurück auf der Spur in entgegengesetzter Richtung waren. Wenige Minuten nachdem sie eine weitere Notfallkreuzung überquert hatten, parkten sie hinter dem Auto. Der arme Mann sah ausgesprochen erleichtert aus, als sie hinter ihnen parkten. Als sie und Cam aus dem Truck sprangen und auf ihn zu gingen, machte er ein überraschtes Gesicht.

„Ich kenne Sie doch!"

Sie lächelte. „Ja, unsere Wege haben sich heute

Nachmittag gekreuzt. Wir haben Sie gesehen und dachten, sie könnten etwas Hilfe gebrauchen.“

Seine Augen weiteten sich vor Erleichterung. „Ich wäre Ihnen so dankbar.“

„Haben sie den Sturm hier auf dem Seitenstreifen durchmachen müssen?“, fragte Cam.

„Ja, wir haben die Ausfahrt verpasst. Das war ein beängstigender Fehler. Meine Frau ist deswegen noch immer verärgert.“

„Wir kümmern uns darum.“

Sie ging zum Fenster der Beifahrerseite des Autos; die Lady schaute auf und schien sofort erfreut. Sie kurbelte ihr Fenster herunter.

„Hallo. Sie sind die nette, junge Frau von heute Nachmittag.“

„Bin ich. Ich heiße Lana Presley und mein Freund ist Cam Sinclair. Er wird Ihren Reifen wechseln und ich werde ihm helfen. Ich wollte nur Hallo sagen.“

„Ich bin Clara und mein Ehemann heißt Jim. Es ist wundervoll von Ihnen, dass Sie anhalten und helfen. Das war eine entsetzliche Nacht, aber das muss ich Ihnen nicht erzählen.“

„Ich kann mir nur vorstellen, wie furchterregend es im Auto gewesen sein muss. Wir bringen Sie zurück auf die Straße, sodass Sie für die Nacht hoffentlich ein Zimmer finden und entspannen können, bevor sie morgen weiterfahren.“

Clara seufzte und tupfte sich Tränen weg, die plötzlich ihre Augen füllten und im Innenlicht des Autos glitzerten. Lana war so dankbar, dass sie und Cam das ältere Paar auf dem Seitenstreifen entdeckt hatten.

„Entspannen Sie sich, okay? Ich helfe Cam und dann unterhalten wir uns gleich weiter.“

Sie eilte zurück zu Cam und Jim. Er sah ausgelaugt aus und sie war sich nicht sicher, ob er selbst bei bester Gesundheit war. Dieses Paar musste hinkommen, wohin auch immer sie fuhren, das war ganz offensichtlich. „Ich werde Cam helfen, diesen Reifen draufzukriegen. Warum setzen Sie sich nicht zu Clara ins Auto? Sie scheint besorgt.“

Er begann, zu widersprechen, aber Cam unterbrach ihn. „Wirklich, Jim, es ist okay. Wir schaffen das und Sie müssen aus diesem Regen raus, denn Sie werden Ihre Frau irgendwohin in Sicherheit bringen müssen. Wenn Sie hier draußen stehen und sich selbst weiter anstrengen, werden Sie womöglich nicht in der Lage sein, sich um sie zu kümmern, wie sie es bräuchte."

Das traf ihn; Lana sah es in seinen Augen. „Okay. Sie haben wahrscheinlich recht."

„Ihre Frau ist Ihre Priorität, also fühlen Sie sich nicht schlecht. Wir bringen Sie in ein paar Minuten zurück auf die Straße."

Lana hätte Cam in diesem Moment umarmen können. Die einzige Möglichkeit, diesen älteren Mann dazu zu bringen, sich ins Auto zu setzen, war der Hinweis darauf, dass er seiner Frau Zuflucht und Schutz bieten musste. Es gab ihm hoffentlich die Entschuldigung, das zu tun, worum sie ihn baten, denn er sah so aus als bräuchte er selbst einen Arzt.

„Danke. Ich war krank und das ist wirklich schwer. Wir hätten die Fahrt nicht antreten sollen. Aber der Bruder meiner Frau ist gestorben und ich konnte sie die Beerdigung nicht versäumen lassen. Daher haben wir die Fahrt angetreten und es war hart, da ich selbst gerade erst eine Krankheit überwunden hatte."

Cam klopft ihm auf die Schulter. „Mein Beileid für Ihren Verlust, Sir. Aber deswegen müssen Sie in das Auto einsteigen. Es ist okay. Wir haben alles unter Kontrolle."

Alles, was Lana tun konnte, war ihre Arme nicht um Cam Sinclair zu werfen und ihn in diesem Moment fest zu drücken. *Was für ein Held... er war fast zu perfekt, um wahr zu sein.* Sie sah Jim nicken und ihn dann ins Auto einsteigen. Sie schaute Cam an. Wasser tropfte von seinem Hut und lief sein Gesicht hinunter. Sie wusste, dass sie genauso aussah, aber es machte ihr nichts aus.

Sie lächelte durch das Wasser und dann tat sie, wonach sie sich fühlte. Sie ging zwei Schritte, legte ihre Arme um seine Taille und umarmte ihn fest. „Danke. Du wusstest genau, wie du mit ihm reden musstest, damit er tat, was er brauchte."

Cam umarmte sie fest, ihre durchnässsten Körper verschmolzen miteinander. „Du weißt, dass du völlig durchnässt bist, oder?"

Sie lachte. „Ja und du auch, aber es macht mir

nicht im Geringsten etwas aus. Du bist ein großartiger Mann, Cam." Ihr hätten der Wind und der Regen nicht gleichgültiger sein können. Alles, woran sie denken konnte, waren seine um sie gelegten Arme und das Gefühl, wie sein Herz gegen ihres schlug. Es gab keinen Ort auf der Erde, an dem sie in diesem Moment lieber gewesen wäre.

„Ich bin froh, dass du sie gesehen hast. Wenn ich Dankeschön wie diese bekommen kann, dann fange ich an, zwischen hier und Texas jedem am Straßenrand zu helfen."

Sie kicherte und löste aus seinen Armen. „Strapaziere deine Glück nicht zu sehr, Cowboy", sagte sie, auch wenn es für sie, ehrlich gesagt, wie ein toller Plan klang. „Wir machen uns besser an die Arbeit und bringen dieses süße Pärchen zurück auf die Straße."

Er tippte an seinen nassen Hut. „Ja, Madam", sagte er gedehnt. Seine Augen funkelten fröhlich im Scheinwerferlicht des Trucks.

Lana stellte den Reifen auf, den Jim mühsam aus dem Kofferraum geholt hatte, bevor sie angehalten hatten. Sie rollten ihn hinüber und sah zu, wie Cam den Wagenheber unter das Auto schob und es anhob. Er entfernte die Radmuttern schnell vom Rad. Innerhalb von Augenblicken hatte er den platten Reifen auf dem Boden und nahm ihr den Ersatzreifen ab. Sie fühlte sich ziemlich nutzlos, doch genoss es, ihm bei der Arbeit zuzusehen. Ja, sie war sehr gut in der Lage, selbst einen Reifen zu wechseln – ihr Dad und ihre Brüder hatten ihr das beigebracht. Außerdem wusste jedes Cowgirl, das etwas taugte und Pferde durch die Gegend fuhr, wie man sich auf der Straße um sich selbst kümmerte. Aber sie musste ihre Fähigkeiten hier nicht beweisen. Und sie hatte eine fantastische Aussicht auf den Cowboy in ihrem Blickfeld.

Regen tropfte von ihren beiden Gesichtern und sie waren bis auf die Knochen durchnässt, aber sie lächelten. Sie konnte nicht anders als den Mann zu bewundern, der sich eifrig bemühte, die Nacht für das ältere Paar besser zu machen.

Nachdem er den Wagenheber entfernt hatte, stand er auf und lachte. „Wir sind ein schon ein Paar."

Sie lachte. „Ein durchnässtes Paar. Aber das hast

du gut gemacht, Cowboy. Wirklich gut."

„Du bist selbst nicht so schlecht. Wie hältst du dich?"

„Mir geht es gut", sagte sie durch den Wind. „Wie ich vorhin sagte, bin ich nicht aus Zucker, also schmelze ich nicht."

„Ich muss dir in der Hinsicht widersprechen. Ich finde, du bist ganz schön süß. Es gibt nicht viele Frauen, die hier draußen stehen und das tun würden. Und du hast dich nicht einmal beschwert. Ich bin wirklich überrascht, dass du nicht geschmolzen bist."

Sie spürte seine Worte mitten in ihrem Herzen. Was lächerlich war. Der Mann neckte sie. Aber dennoch spürte sie sie.

Jim und Clara diskutierten mit ihnen darüber, ihnen etwas zu bezahlen, aber gaben schließlich nach und fuhren ihren Weg. Aber sie mussten versprechen, dass, falls sie jemals in der Nähe von ihnen waren, sie zum Abendessen vorbeikommen würden.

Nachdem sie ihre Scheinwerferlichter in der Ferne verschwinden sahen, gingen sie zurück zum Truck.

Kein Grund, sich zu beeilen, denn sie konnten nicht nasser werden als sie bereits waren.

Cam legte seinen Arm leicht um ihre Schultern, während sie gingen und Lana lehnte ihren Kopf an seine Schulter. Sie hatte zu diesem Mann eine Verbindung aufgebaut; das ließ sich nicht leugnen. Sie waren seit weniger als neun Stunden unterwegs und dennoch fühlte es sich an, als wären sie schon eine ganze Weile zusammen. Und zwar eine ordentliche Weile.

Sie mochte ihn wirklich – mochte seine Liebenswürdigkeit und Güte – und das ließ sich nicht bestreiten. Er öffnete ihre Tür und wartete, bis sie eingestiegen war. „Deine armen Sitze. Sie werden ruiniert sein.“

„Kein Problem. Das ist ein Arbeitstruck. Keine große Sache.“

Es gab nichts, was sie für seine Sitze tun konnte, also kletterte sie hinein und erschauderte, als sie auf das Leder sank. „Sie werden nie wieder wie vorher aussehen.“

Cam grinste. „Hör auf damit. Es sind Sitze." Er schloss ihre Tür und dann ging er mit großen Schritten um die Vorderseite des Trucks, wobei der Regen im Scheinwerferlicht auf ihn prasselte. Als er einstieg und die Tür zuzog, drehte er sofort die Heizung auf. „Sobald ich einen Halt mit einem Überbau sehe, unter dem ich diesen Sattelschlepper parken kann, werde ich anhalten und dich im Schlafabteil des Anhänger etwas anderes anziehen lassen. Dann werde ich dasselbe tun. Ich werde die Sitze ein wenig trocknen, während du dich umziehst. Tut mir leid, dass wir so lange brauchen."

„Mein Dad wäre verärgert gewesen, wenn wir seinetwegen nicht angehalten hätten."

„Nun, du bist sehr freundlich. Und ich weiß, dass du dir Sorgen um deinen Dad machst. Aber ich muss dir sagen, dass mir gefällt, wie du deine eigenen Bedürfnisse ignoriert hast, um ihnen zu helfen."

Lana atmete tief durch. „Ich bete, dass sich mein Dad noch immer stabil hält, wie es mir mein Bruder zuletzt geschrieben hat. Ich habe ihm geschrieben, während du draußen im Sturm warst, und ihm gesagt, was los ist. Er schrieb mir, dass noch immer alles gut ist. Aber, wie ich sagte, mein Dad hätte gewollt, dass wir anhalten und ihnen helfen."

„Ich freue mich darauf, deinen Dad kennenzulernen." Er fuhr zurück auf den Highway und beschleunigte den Truck. „Wie ich sagte, wenn ich einen Halt finde, um den Schlepper zu parken, werde ich die Sitze trocknen, während du andere Klamotten anziehst. Dann ziehe ich mich ebenfalls um."

„Klingt gut. Und nur, damit du es weißt, du wirst bei meinem Dad einen Stein im Brett haben für das, was du bisher getan hast." Sie kicherte.

„Nicht, dass du dich erkältest, weil du durchnässt bist."

Bei der nächsten Ausfahrt fuhr er unter das schützende Vordach einer Tankstelle. Während er den Truck mit Benzin füllte, zog sie sich in der kleinen Kammer im vorderen Teil des Pferdeanhängers um. Es war wirklich nett. Sehr ähnlich dem, den ihre Familie besaß. Dort waren ein Doppelbett auf der oberen Etage und eine kleine Couch, die in dem kleinen Küchenbereich zum Sitzen benutzt wurde. Es war schön dekoriert mit jeder Menge Platz, um sich zu bewegen.

Nachdem sie sich umgezogen hatte, ging sie raus. Er lächelte sie an und Schmetterlinge flatterten durch ihren Bauch. Oh ja, das war definitiv ein Moment der Bestätigung, dass dieser Kerl ihr Interesse geweckt hatte. Trotz ihrer schlechten Beziehung zuvor, hatte Cam schnell alle Vorbehalte, die sie hätte haben können, ausgeräumt.

„Du siehst so aus als fühltest du dich besser", sagte er und füllte die plötzlich merkwürdige Stille, die sie beide umgab.

„Das… tue ich." Ihre Nerven waren angespannt und er schien ebenfalls nervös.

Er ging zur Seite, sodass sie den Beifahrersitz sehen konnte. „Ich habe ein Handtuch für dich auf den Sitz gelegt. Das Leder war noch immer feucht."

„Danke. Jetzt bist du bitte dran, hineinzugehen und dir etwas Trockenes anzuziehen." Sie brauchte den

Moment, in dem er sich umzog, um wieder klar zu denken. Es gab so viele Gründe, warum sie diese Anziehung nicht verspüren sollte. Aber jetzt gerade wollte sie diesen Mann einfach nur küssen. Er war die ganze Fahrt über so wundervoll gewesen.

„Ich denke, das werde ich tun." Anstatt sich zu bewegen, hob er seine Hand und fuhr mit der Rückseite seiner Finger über ihre Wange. „Ich bin gleich zurück."

Und dann ging er weg. Sie atmete nicht, ehe er im Inneren des Anhängers verschwand.

KAPITEL ELF

Es war zwei Uhr am Nachmittag, als sie endlich auf den Parkplatz des Krankenhauses fuhren.

Cam war nicht bereit, sich von Lana zu verabschieden. Auf der Fahrt war ihm klar geworden, dass er eine Beziehung mit ihr aufbauen wollte. Sie besser kennenlernen wollte, denn er hielt sie für etwas Besonderes. Die Art, mit der sie diesem Pärchen auf der Straße hatte helfen wollen und sich niemals beschwert hatte, obwohl sie durchnässt gewesen waren, hatte bei ihm einen schweren Eindruck hinterlassen.

Er war müde und bereit für einen Mittagsschlaf, aber er wollte einfach nicht gehen. Sie hatte sich beim letzten Halt frisch gemacht und auch wenn sie müde aussah, war sie bildhübsch.

„Ich werde dir für immer dankbar sein, dass du das getan hast", sagte sie erneut zu ihm.

„Du musst mir nicht dankbar sein. Ich war froh, das zu tun und hätte es nicht versäumen wollen, dich besser kennenzulernen. Das war besonders schön."

Sie lächelte. „Geht mir genauso."

„Ich werde den Truck im hinteren Bereich des Parkplatzes abstellen und mich in die Kammer des Anhängers für ein paar Stunden hinlegen. Schau du nach deinem Vater und dann schreibe ich dir, bevor ich weiterfahre. Vielleicht kannst du runterkommen und wir können uns voneinander verabschieden."

„Das mache ich gern. Ich möchte auch, dass du meinen Dad kennenlernst, bevor du fährst. Er wäre traurig, wenn du fahren würdest, ohne ihm Hallo zu sagen."

Die Türen des Krankenhauses öffneten sich und fünf Cowboys kamen heraus.

Cam sah das Lächeln, das sich auf Lanas Gesicht zeigte. So wie Lana aussah, war es nicht zu übersehen, wer diese Cowboys waren. Aber er hätte es auch gewusst, wenn sie nicht vor Freude gelächelt hätte, denn die Ähnlichkeit war verblüffend.

„Oh Junge, du bist dabei, die Presley Brüder kennenzulernen. Sie müssen gewartet haben. Mit diesem Pferdeanhänger hinter uns sind wir nicht gerade unauffällig."

Er lachte. „Das würde ich auch sagen. Und ich werde es erneut sagen – ich bin froh, dass ich dich hier sicher hergebracht habe, ansonsten wäre ich wohl geröstet worden."

Darüber kicherte sie. „Ich sage es nur ungern, aber du könntest Recht haben. Dennoch habe ich ein gutes Gefühl, dass du dich behaupten kannst."

Er hätte mehr gesagt, aber es war keine Zeit mehr, ehe ihre Brüder sie erreichten und such ihn umringten.

Lana konnte nicht glauben, wie toll es sich anfühlte, ihre Brüder zu sehen. Das letzte Mal, als sie sie gesehen hatte, war es eine angespannte Atmosphäre gewesen. Sie hatten Weihnachten alle zusammen verbracht, aber sie waren unglücklich gewesen, dass sie die Ranch und die Familie verließ. Aber das hier war anders. Erleichterung überkam sie. Erleichterung, dass sie mit ihnen hier war… ihrer Familie – Shane, Drake, Cooper, Vance und Brice – und sie brauchte so sehr ihre Umarmungen.

Sie lächelten nicht – ihr Magen verkrampfte sich. „Geht es Dad gut?" Sie hatte den plötzlichen, schrecklichen Gedanken, dass sie ihr gesagt hatten, ihrem Dad ginge es gut, nur damit sie heil nach Hause kam, während er es ihm in Wirklichkeit *nicht* gut ging.

„Warte", sagten Cooper und Drake zeitgleich.

„Ihm geht es gut", fügte Drake schnell hinzu. „Ich habe dir gesagt, er ist in Ordnung. Er wartet darauf, dich zu sehen."

„Du kannst jetzt atmen", ergänzte Shane und kam sie umarmen. „Wir sind froh, dass du zuhause bist. Wir sind alle gekommen, um dich zu begrüßen, weil wir dich vermisst haben."

Brice zog sie von Shane weg. „Ja, Käfer. Du hast

uns gefehlt, aber wir wollten auch den Mann kennenlernen, der dich nach Hause zu uns gebracht hat."

Sie umarmte ihn ebenfalls und wollte auf einmal in Tränen ausbrechen, während all ihre Brüder sie umarmten. „Ihr werdet mich noch zum Weinen bringen." Dann erhaschte sie einen Blick auf Cam. Er beobachtete sie mit einem Lächeln. Sie riss sich los und ging zu ihm.

„Das ist Cam. Er hat erfahren, dass ich nach Hause muss und darauf bestanden, mich zu fahren, weil ich so aufgewühlt war."

Cooper blinzelte und streckte seine Hand aus. „Du hast darauf bestanden und sie hat gemacht, was du wolltest? Wie hast du denn das geschafft? Ich bin Cooper. Und das sind Drake, Shane, Vance und Brice."

Cam schüttelte jedem die Hand, während alle ihn stichelten, weil er Lana dazu gebracht hatte, das zu tun, was er wollte.

„Okay Jungs. Hört auf, ihn zu ärgern. Cam ist todmüde und wird ein wenig schlafen, bevor er zu seiner Ranch aufbricht, und ich werde nach Dad sehen.“

„Wir bringen dich hoch“, bot Drake an. „Cam, danke. Ich weiß, dass du dich ausruhen musst, aber bevor du fährst, komm mit zu Dad, wenn du Zeit hast. Du bist mehr als willkommen, zu unserer Ranch zu fahren und dich dort auszuruhen.“

„Danke, aber ich bleibe hier. Ich mach nur einen Mittagsschlaf“, sagte Cam. Er trat vor und sein Blick glitt zu Lana. „Wir sehen uns in ein paar Stunden.“

Sie nickte. „Gut. Ich werde genau hier sein.“ *Wo sie hingehörte.* Aber das minderte nicht das Ziehen an ihrem Herzen bei dem Wissen, dass er bald wegfahren würde.

Cam schaute Lana nach, wie sie mit ihren Brüdern in Richtung Krankenhaus ging. Er war froh, sie nach Hause gebracht zu haben. Er stieg zurück in seinen Truck und fuhr zum hinteren Teil des Parkplatzes und stellte den Truck dort ab. Es war eine lange und ziemlich stressige Fahrt mit dem Wetter gewesen, aber dennoch dachte er, er könnte Schwierigkeiten haben, einzuschlafen. Er konnte sehen, dass ihre Brüder sich um sie sorgten. Er hatte das Gefühl, dass sie dem Vollidioten von Exfreund das Leben schwer gemacht hatten, weil sie wussten, dass er nichts getaugt hatte. Dennoch verstand er ihren Standpunkt bezüglich der Schwierigkeiten zwischen ihnen. Es musste schwer sein, die einzige Frau in einer Horde von Brüdern und einem Dad zu sein, die sich alle um sie sorgten. Sie hatte sich erdrückt gefühlt. Er hatte seine Schwestern sich darüber beschweren hören, dass er und seine Brüder ihnen die Luft nahmen und sie waren zu viert gewesen. Seine Schwestern hatten sich zusammengeschlossen, um den Sinclair Brüdern die Köpfe zurechtzurücken. Er lächelte, als er an all die Male dachte, die es in ihrer Kindheit und Jugend zuhause Streitigkeiten zwischen den Brüdern und Schwestern gegeben hatte. Arme Lana war eine gegen sechs gewesen.

Aber hier war Liebe und das war ganz offensichtlich. *Aber würde sie hierher zurückkommen wollen? Sie hatte gesagt, dass es ihr in Windswept Bay gefällt ...*

Lana betrat das Zimmer ihres Vaters. Ihre Brüder warteten draußen, um ihr etwas Zeit allein mit ihm zu geben. Ihr Herz stockte, als sie den großen, starken Marcus Presley in einem grünen Krankenhaushemd und mit allen möglichen Infusionen und Monitoren an ihn angeschlossen sah. Sie blieb kurz stehen und das Atmen fiel ihr schwer. Plötzlich drohten Tränen sie zu überschwemmen.

Als hätte er ihre Anwesenheit gespürt, öffnete er seine Augen. „Kleines", sagte er, ihr Spitzname.

Sie unterdrückte die Tränen, zwang sie hinunter und zog sich nach vorn. „Dad, das hier ist etwas extrem, findest du nicht? Ich wäre für einen Besuch nach Hause gekommen, wenn du einfach nur gefragt hättest. Du musstest nicht gleich einen Herzinfarkt kriegen."

Er lachte leise vor sich hin und streckte seine Hand aus. „Was immer es braucht, damit du nach

Hause kommst."

Sie ging hinüber zu seinem Bett und lehnte sich über das Bett in seine Arme. Sie konnte die Tränen nicht aufhalten und fühlte sein Krankenhaushemd nass werden, während sie ihr Gesicht an seiner Schulter vergrub. „Ich bin so froh, dass es dir gut geht. Du hast mir Angst gemacht."

Seine Arme legten sich fest um sie und sie spürte, wie er ihren Kopf küsste. „Ich liebe dich, Lana. Vergiss das nie."

Ihr Herz schmerzte. Auch wenn sie sich kilometerweit durch fünf Bundesstaaten zusammengerissen hatte, während sie zu ihm gefahren war, hatte sich die Sorge um ihn an ihr Herz geklammert. Der Sturm und das Wetter waren eine willkommene Ablenkung von der Anspannung gewesen. Aber ihren Dad in diesem Krankenhausbett mit einem blöden Krankenhaushemd anstatt seines normalen Western Shirts und einem Cowboy Hut und Jeans zu sehen, brachten sie aus der Fassung.

„Weine nicht, Kleines." Er tätschelte ihre Schulter. „Es tut mir so, so Leid. Ich hätte verstehen sollen, warum du gegangen bist. Ich hätte dich unterstützen sollen, als du wegen der Trennung zwischen dir und diesem Idioten traurig warst. Anstatt zu erwarten, dass du den Schmerz, den er dir zugefügt hat, einfach abstreifst."

Sie zog sich zurück und schaute auf ihn hinab. „Es ist okay, Dad. Darüber müssen wir jetzt nicht sprechen. Es zählt nur, dass du am Leben bist und es dir besser gehen wird."

Seine grauen Augen verengten sich. „Wir werden später darüber reden. Aber erzähl mir von dem Kerl, der dich nach Hause gebracht hat. Klingt nach einem guten Mann."

Sie lächelte und dachte an Cam. „Er ist ein wirklich guter Mann." *Der Beste von den Besten.*

Cam hatte seinen Wecker auf zwei Stunden gestellt, sich auf dem Hochbett in dem Schlafabteil hingelegt und das nächste, was er wusste, war, dass sein Wecker klingelte und es Zeit war, aufzustehen.

Er setzte sich auf, rieb sich das Gesicht und stand

dann auf. Es war Zeit, Lana wiederzusehen. Er ging in das kleine Badezimmer, um sich die Zähne zu putzen und sein Gesicht zu waschen. Er starrte auf die Stoppeln in seinem Gesicht und dachte daran, sich zu rasieren, aber er beschloss, zu warten, bis er zuhause war, um das zu tun. Er fragte sich, ob Lana einen Mann mit einem Bart oder einem glatten Gesicht mochte. Er hatte sich nie darum gekümmert, was eine Frau bevorzugen oder nicht bevorzugen würde, bis jetzt. Aber die Wahrheit war, dass Lana ihn dazu gebracht hatte, über jede Menge Dinge nachzudenken, um die er sich zuvor nie geschert hatte.

Sie zu verlassen, würde schwer werden.

Er schaute nach seinen Pferden und wusste, dass sie mehr als glücklich sein würden, zur Ranch zu kommen, aber ihnen ging es soweit noch gut. Er würde dennoch nicht lang bleiben, denn er musste sie nach Hause bringen. Zumindest die Bedürfnisse der Pferde gaben ihm einen wichtigen Grund, um in den Truck zu steigen und von Lana wegzufahren.

Einige Minuten später ging er zum Zimmer von Marcus Presley. Er klopfte an die leicht angelehnte Tür und wartete, bis sie aufgezogen wurde. „Cam, du bist wach. Komm rein." Sie lächelte sofort und brachte sein Herz heftig zum Schlagen. Ein unbeschreibliches Gefühl des Verlangens kam über ihn.

„Klar." Er setzte seinen Hut ab, als er das Zimmer betrat.

„Dad, das ist Cam Sinclair."

Der Mann im Krankenhausbett schaute ihn scharf an, musterte ihn. Er sah so aus, als würde er sich in dem grünen Krankenhaushemd so unwohl fühlen, wie Cam es getan hätte. Und auch wenn er an den Schläfen ein paar graue Haare hatte, würde Marcus Presley in jeder anderen Woche, außer in der, in der er einen Herzinfarkt hatte, wahrscheinlich jünger als in seinen Fünfzigern aussehen.

Heute sah er etwas schwach aus, aber die Bestimmtheit in seinen grauen Augen sagte Cam, dass er sich mit jedem Tag zurück zu voller Gesundheit kämpfen würde.

Marcus streckte eine Hand aus. „Entschuldige die Infusionsschläuche. Man scheint hier zu denken, dass ich sie brauche. Ich will dir danken, dass du Lana sicher durch den Sturm nach Hause gebracht hast, den ihr, wie ich hörte, überstehen musstet.

Cam schüttelte seine Hand und wie er gedacht hatte, war Marcus Handschlag fest. „Es war mir eine Ehre, das zu tun. Sie haben eine großartige Tochter. Wie geht es Ihnen, Sir?"

Marcus faltete seine Hände. „Ich bin froh, am Leben zu sein. Und glücklich, Lana zu sehen. So etwas lässt einen verstehen, was in dieser Welt wichtig ist. Ich habe gehört, du hast eine Ranch drüben in der Nähe von Madisonville. Über dein Vieh habe ich gute Dinge gehört."

„Das freut mich." Sie redeten über ihre Farmen, während Lana zuhörte, aber nicht viel sagte. Er konnte sehen, dass sie einfach froh war, ihrem Dad beim Reden zuzuhören. Er beschloss, dass er auf der Fahrt zwischen hier und seiner Ranch seinen eigenen Vater anrufen und mit ihm reden würde.

Eine Stunde später brachte Lana ihn zum Anhänger.

„Danke, dass du mit meinem Dad gesprochen und es auch mit meinen Brüdern ausgehalten hast."

Ihre Brüder Drake und Vance waren aus der Cafeteria zurückgekommen, bevor er gegangen war, und er hatte sich gern mit ihnen unterhalten. Ihre anderen Brüder waren zum Arbeiten zurück zur Ranch gefahren.

„Du hast eine tolle Familie. Ich mag sie."

„Sie sind toll. Starrsinnig, aber sie meinen es gut."

Er legte seinen Arm über ihre Schultern, als sie sich dem Anhänger näherten. „Sie machen sich Sorgen um dich. Also sag mir, wirst du hier klarkommen?"

Sie lächelte. „Es wird mir gut gehen."

„Was, wenn du diesem Exfreund über den Weg läufst?"

Sie lachte. „Ich bin mir ziemlich sicher, dass es mir überhaupt nichts ausmachen wird. Irgendwo auf der Fahrt hierher habe ich aufgehört, mir deswegen überhaupt Gedanken zu machen."

Er blieb stehen, neigte seinen Kopf zur Seite und musterte sie. „Freut mich, das zu hören. Du bist mehr wert als das."

„Danke."

„Ruf mich an, falls du mich brauchst. Und wenn du eine Mitfahrgelegenheit nach Hause brauchst, ruf mich an."

Sie kicherte. „Danke, aber ich werde mindestens eine Woche bleiben, vielleicht länger…" Ihre Miene wurde besorgt.

„Du machst dir erneut Sorgen."

„Ja. Ich kann dir nicht sagen, wie schlimm es war, ihn dort liegen zu sehen. Ich weiß einfach nicht, ob ich weggehen kann."

Er konnte nicht anders und küsste ihre Stirn. „Das wirst du herausfinden. Ich bin hier, falls du mich brauchst."

„Danke." Sie küsste seine Wange. „Für alles."

Er wollte weiterreden, mehr fragen, aber jetzt war nicht die Zeit. Er küsste ihre Lippen in einer flüchtigen Bewegung und dann trat er einen Schritt zurück. Wenn er es sich erlaubt hätte, hätte er sie ewig geküsst. Aber jetzt war auch dafür nicht die Zeit. „Wir hören von einander. Pass auf dich auf und ich werde deinen Dad in meine Gebete aufnehmen."

„Das bedeutet mir viel.“

Und dann war er viel zu schnell wieder auf der Straße. Fuhr von der Frau weg, bei der er das erste Mal das Bedürfnis hatte, sie zu heiraten.

Und er wusste, dass es genau das war, was er für Lana empfand: irgendwo zwischen Windswept Bay und Ransom Springs, Texas, hatte er sich in Lana Presley verliebt.

KAPITEL ZWÖLF

Drei Stunden später bog er zu seiner Ranch ab und wie immer überkam ihn das Gefühl von Zuhause. Er liebte Windswept Bay und liebte es, nach Hause zu fahren, um seine Familie zu besuchen und zu sehen, aber sein Herz war hier auf seiner Ranch in Texas. Er wollte mehr als alles andere Lana hierher bringen. Sie dazu bringen, sich anzusehen, wo er lebte und was er aufgebaut hatte.

Er brachte die Pferde mit einem der Cowboys, der für ihn arbeitete, in die Ställe und dann ging er zu seinem Haus. Gebaut aus Steinen aus Austin und

Zedernholz sah es rustikal, aber gemütlich aus. Er fragte sich, ob es Lana gefallen würde. Das wurde die Frage des Tages.

Er rieb sich die Augen, als er durch den Seiteneingang ging, machte einen Zwischenhalt in der Küche, um eine Tasse Kaffee aufzusetzen, und ging duschen.

Anders als all die anderen Male, die er nach Hause gekommen war, fühlte sich sein Haus plötzlich einsam an. Zu still. Zu groß. Zu leer.

Er war 33 und auch wenn er angefangen hatte, darauf zu hoffen, dass die richtige Frau in sein Leben treten würde, hatte er es nicht überstürzt. Er war zufrieden gewesen. Dieses Gefühl beschrieb jedoch nicht, wie er sich momentan fühlte.

Er kannte Lana weniger als eine Woche und sie fühlte sich richtig an. Sie würde ihn wahrscheinlich für verrückt halten, aber jetzt gerade fühlte er sich so… verrückt nach ihr.

Er beendete seine Dusche und zog sich schnell an. Eine Sache, die er auf der Fahrt nach Hause beschlossen hatte, war, dass er die Chance mit Lana nicht verstreichen lassen würde.

Er nahm sich die Zeit, sich zu rasieren, und dann legte er sich aufs Bett. Er wusste, dass es Zeit für mehr als nur ein paar Stunden Schlaf war. Er war seit mehr als 24 Stunden wach, wenn man das Nickerchen nicht zählte. Hoffentlich würde er schlafen, denn das erste, was er am Morgen tun würde, war, zurück ins Krankenhaus zu fahren. Er schuldete Lana ein nettes Essen.

„Dad, ich weiß, dass du den Pudding nicht willst, aber es ist Pudding, den du essen solltest." Lana schaute ihren Dad böse an. Er fühlte sich besser, weil er sein verbohrtes, dickköpfiges Selbst war. Mit seinem Herzinfarkt hatte er ihr den Schreck ihres Lebens verpasst und jetzt wollte er die Dinge so tun, wie er wollte, und nicht, was der Arzt ihm auftrug.

„Lana, ich bin keiner deiner Erstklässler und ich esse keinen Pudding."

„Dann iss wenigstens dein Hähnchen."

„Das ist Gummi, kein Fleisch. Ich will ein Steak."

Männer. Sie hatte ihre Brüder zurück an die Arbeit geschickt. Zu dieser Zeit des Jahres war auf der Ranch viel los und sie hatten sich bei den Pflichten abgewechselt. Aber morgen war ein großer Verkaufstag, den sie vorbereitet hatten und sie mussten dort sein, um alles fertig zu machen. Ihr Dad wollte auch dabei sein und das war Teil des Problems.

„Vorhin meintest du, du wolltest das Leben noch einmal anpacken und wüsstest, was wichtig sei."

Sein Blick verengte sich und sein hübsches Gesicht wurde undurchdringlich, während er sie anstarrte. „Süße, ich weiß, was wichtig ist, und das sind nicht Pudding oder Gummihähnchen. Das sind du und deine Brüder und die Ranch." Sein Kiefer spannte sich an. „Ich bin bereit, nach Hause zu gehen."

„Das weiß ich. Aber du musst tun, was man dir gesagt hat. Deine Ernährung muss sich ändern. Und hör auf, dir über die Ranch Gedanken zu machen. Die Jungs haben das im Griff. Das weißt du."

Er liebte alles am Farmerleben und sie wusste, dass seine Sorge nichts damit zu tun hatte, dass er dachte, sie hätten es nicht im Griff. Er wollte einfach dort sein.

Seine Krankenschwester kam zurück in den Raum. Sie war eine zierliche Brünette mit dem Namen Karla. Mit vielleicht 1,50 Meter Körpergröße und geschätzt 45 Kilogramm Kampfgewicht war diese Frau klein, aber ein Energiebündel.

Jetzt stemmte sie ihre Hände in die Hüften. „Nun, Mr. Presley, wie ich sehe, haben Sie noch nichts von Ihrer Mahlzeit gegessen." Dennoch lächelte sie und Lana hörte die Bestimmtheit in ihrer Stimme. Sie war nicht glücklich darüber, dass er nichts aß. „Ich habe Ihnen gesagt, dass Sie wieder zu Kräften kommen müssen und Sie müssen Ihre Ernährung umstellen. Sie hatten einen Herzinfarkt, was bedeutet, dass Sie nicht mehr die ganze Zeit Steak und Kartoffeln essen können. Und jetzt gerade muss Ihre Ernährung besonders leicht sein. Sie müssen Salz, rotes Fleisch und Kartoffeln reduzieren."

Er schaute sie finster an. „Sehe ich so aus als würde ich viele Kartoffeln essen?" Er klopfte sich sanft auf seinen flachen Bauch.

Lana musste grinsen. Für einen 58-Jährigen war

ihr Dad in Form. Er ritt Pferde und trainierte jeden Tag und baute noch immer die Zäune der Ranch mit seinen Söhnen und den Farmarbeitern. Er sah nicht wie ein Mann aus, der Kandidat für einen Herzinfarkt war. Noch mehr Gründe, warum sie überrascht war, dass er einen Herzinfarkt gehabt hatte.

Karla hob eine Augenbraue. „Es ist sehr offensichtlich, dass Sie in Form sind. Aber Sie mögen rotes Fleisch und Salz zu sehr. Ihr Cholesterin, Sir, ist jenseits von Gut und Böse. Diese Cholesterintabletten, die Ihnen der Arzt verschrieben hat, werden helfen, aber Sie müssen Ihre Ernährung umstellen. So läuft es einfach, wenn Sie gesund bleiben wollen."

Lana beobachtete ihren Dad und Karla, wie sie sich gegenseitig böse ansahen. *War das ein Funken Interesse, den sie in den Augen ihres Vaters sah?* Es gab nicht viele Frauen, die sich seiner Übellaunigkeit und seinem Starrsinn entgegen gestellt hätten. Er war es gewöhnt, dass es so lief, wie er wollte, wenn er entschlossen war. Aber es war offensichtlich, dass auch Karla es gewöhnt war, dass es so lief, wie sie wollte, obwohl sie so klein war.

„Und wenn Sie nach Hause gehen wollen, müssen Sie essen."

Das waren die magischen Worte.

„Gut. Dann schieb den Wagen hierher zurück", befahl er Lana.

Ein Grinsen unterdrückend schob Lana den Wagen zurück an seinen Platz, sodass der Teller mit Essen vor ihm stand. „Jetzt bist du auf dem richtigen Weg", sagte sie, als er die Gabel in die Hand nahm.

„Ich mache das nur, damit ich nach Hause komme."

Sie lächelte. „Was auch immer es braucht, ist okay für mich. Karla, Sie werden entschuldigen müssen. Mein Dad ist es einfach nicht gewöhnt, herumzusitzen. Und wie Sie sehen können, wird es für ihn schwierig, in diesem Zimmer festzustecken."

„Das sehe ich. Und ich verstehe es. Aber dennoch, Mr. Presley, Sie müssen ein paar ernsthafte Veränderungen Ihrer Ernährung vornehmen. Schon ein paar wenige Veränderungen können einen großen Unterschied machen. Sie werden morgen hier herauskommen, aber wenn Sie nichts ändern, werden sie zurückkommen. Und ich weiß, dass Sie hier nicht sein wollen."

Sie lächelte ihn an und Lana schaute zu, wie sich beide anstarrten. Und dann wurde Karla rot. Lana schaute kurz zurück zu ihrem Dad, der plötzlich nachdenklich aussah.

„Nun", sagte Karla. „Ich muss meine Runde machen. Bis später."

Und dann verließ sie den Raum und zu Lanas Überraschung aß ihr Vater.

Lana dachte plötzlich über das Leben ihres Vaters nach. Sein Liebesleben. Soweit sie wusste, hatte er nicht viele Dates. Und vielleicht war es an der Zeit dafür.

Genauso wie es für sie an der Zeit war, auch wieder damit anzufangen.

Ihr Vater bestand darauf, dass er im Krankenhaus allein zurechtkam, daher ging sie an diesem Abend nach

Hause, um zu schlafen. Sie duschte, bevor sie ins Bett kroch, und sie konnte sich nicht erinnern, dass sich heißes Wasser jemals so gut angefühlt hatte. Auch ihr Bett fühlte sich himmlisch an und trotz all dem, was ihr durch den Kopf ging, schlief sie fast in dem Moment ein, als ihr Kopf das Kissen berührte.

Am nächsten Morgen fühlte sie sich erholt, zog sich an und ging nach unten. Sie war mit Cam in Gedanken aufgewacht. Sie fragte sich, was er machte. Und ob er gut bei seiner Ranch angekommen war. Sie hätte ihn gestern fast angerufen, um nachzufragen, aber dann hatte sie sich nicht getraut.

„Guten morgen."

Drake holte sich soeben Kaffee, als sie die Küche betrat. Er trug zu seinen Jeans, Stiefeln und Sporen lederne Beinüberzieher. Auf seinem langärmligen Shirt lag ein Staubfilm. Er hatte bereits mit den Pferden in dem runden Gehege gearbeitet. Sein Hut hing an dem Haken neben der Hintertür. „Guten Morgen." Er gab ihr eine Tasse Kaffee, die er gerade eingegossen hatte.

„Danke." Sie nahm einen Barhocker, während er

sich selbst eine Tasse einschenkte.

„Dad wird also heute nach Hause kommen. Das sind tolle Nachrichten." Drake lehnte sich gegen die Granitarbeitsfläche und nahm einen vorsichtigen Schluck von dem heißen Kaffee. „Was müssen wir hier tun, um für ihn alles vorzubereiten?"

Sie stellte ihren Kaffee ab, nachdem sie einen Schluck genommen hatte. „Ich denke, wir sollten einfach sicherstellen, dass Essen da ist, das er auf seiner Herz-Diät essen kann. Alles, was ihr tun könnt, ist, ihn dazu zu motivieren, sich besser zu ernähren. Es würde euch allen nicht schaden, weniger Rind zu essen."

Drake nickte. „Verstanden. Das können wir machen. Kannst du ihn nach Hause holen oder brauchst du einen von uns zur Hilfe? Ich kann mitkommen oder Coop. Es wird hier heute mit dem Verkauf viel los sein."

Sie wusste alles darüber, dass sie in diesen Tagen einen Viehverkauf hatten. Käufer kamen von überall her. „Das kann ich machen. Wenn er wüsste, dass einer von euch nicht beim Verkauf ist, um ihn nach Hause zu fahren, würde ihn das nur noch mehr stressen.“

„Okay, dann ist das gut. Aber wenn du mich brauchst, bin ich da. Es ist wirklich schön, dass du zuhause bist. Wie lange wirst du bleiben?“

„Danke. Ich werde versuchen, zwei Wochen zu bleiben, wenn das möglich ist.“

„Das klingt gut. Du weißt natürlich, dass wir es toll finden würden, wenn du endgültig nach Hause kommen würdest.“

„Ich denke darüber nach. Aber ich weiß nicht, ob das das Beste ist. Ich habe in Windswept Bay ein neues Leben begonnen und mir gefällt es dort wirklich sehr.“

„Du wärst näher bei Cam.“

„Cam hat mich nur nach Hause gefahren.“

„Oh, wirklich, glaubst du, das ist alles, was er gemacht hat? Denn die Art, wie er dich angesehen hat, hat was anderes gesagt.“

Sie wollte ihr Liebesleben nicht mit ihrem Bruder besprechen. „Drake, hat Dad irgendwelche Dates?“, fragte sie, um das Thema zu wechseln.

„Okay, also ich halte mich aus deinem Liebesleben raus. Ich erkenne einen Themenwechsel, wenn ich ihn höre. Er war mit ein paar Frauen aus, aber nicht oft."

„Aber Mom ist schon mein ganzes Leben nicht da. Das ist nicht richtig. Er braucht jemanden."

Drake verschränkte seine Arme. „Da stimme ich dir zu. Aber ich kann ihn nicht zwingen. Das liegt ganz an ihm."

Auf dem gesamten Weg zurück in die Stadt dachte sie darüber nach. Es *lag* an ihm. Sie musste sich darauf konzentrieren, ihn zu einer besseren Ernährungsweise zu motivieren, bevor sie versuchte, ihn zu Verabredungen zu bringen. Aber es kam ihr einfach immer wieder in den Sinn – dieser Ausdruck in seinen Augen, als Karla ihn provoziert hatte.

Und als sie auf den Eingang des Krankenhauses zuging, war Karla die erste Person, der sie über den Weg lief.

„Guten Morgen", grüßte sie Karla. Sie blieb kurz stehen und lächelte Lana an. „Wie geht es Ihnen heute

Morgen? Haben Sie etwas schlafen können? Ihr Vater hat mir erzählt, dass Sie die ganze Nacht durchgefahren sind, um hierher zu kommen."

Karla und ihr Dad hatten sich also unterhalten. Das war interessant. „Ich wurde gefahren. Ich bin bei einem Freund mitgefahren, daher konnte ich nur die Fahrt genießen." Sie dachte an alles, was während der Fahrt passiert war, und sie vermisste Cam umso mehr. Doch sie schob das aus ihren Gedanken und konzentrierte sich auf Karla. „Und ich habe letzte Nacht ganz wunderbar geschlafen. Ich wollte Ihnen danken, dass Sie mit meinem Dad so geduldig sind."

Karla kicherte. „Er ist eine Herausforderung, aber ich mag Herausforderungen. Er ist ein toller Kerl und ich verstehe gut, dass er nicht hier sein will. Ich mache ihm keine Vorwürfe. Aber alles, womit ich ihn heute Morgen piesacken muss, ist, sich besser zu ernähren. Ich bin tatsächlich spät dran, um eine Schwester zu ersetzen, die sich krankgemeldet hat. Das war mein freier Tag, daher dachte ich, dass gestern Abend meine letzte Chance war, ihn zu beeinflussen. Er wird überrascht sein, mich heute Morgen zu sehen."

„Nun, vielen Dank, dass Sie mit so viel Herzblut Ihren Job erledigen. Mein Dad ist nicht immer so dickköpfig." Sie zuckte zusammen. „Okay, vielleicht ist er das. Aber er ist auch ein netter Kerl. Er ist nur dabei, Sie wissen schon, sich daran zu gewöhnen."

Die Krankenschwester lachte. „Untertreibung des Jahres, da bin ich mir sicher." Ihre Augen funkelten. „Wir gehen besser rein. Sie werden dabei sein wollen, wenn der Arzt kommt, um ihn zu entlassen. Und ich mach mich besser an die Arbeit."

Lana ging hoch zum Zimmer ihres Vaters und fand ihn, wie er auf dem Stuhl einen Film schaute und ziemlich gelangweilt aussah. „Hey, ich habe gehört, es ist eine sichere Sache, dass du heute Morgen aus diesem Laden rauskommst." Sie gab ihm einen Kuss auf die Wange.

„Das sagen sie. Ich habe gerade diesen Wagen fünf Mal über den Gang geschoben, weil sie meinten, ich könnte nicht gehen, wenn ich nicht ein paar Runden gedreht hätte."

„Also hast du das Doppelte gemacht." Das war ihr Dad.

„Ich dachte, es könnte nicht schaden."

Sie lachte. „Ich hoffe nur, du hast dich nicht übernommen. Du hattest gerade eine Herz-OP."

„Sie haben nur einen Stent eingebaut. Ist nicht so, als hätten sie meine Brust aufgebrochen oder irgendwas."

„Und wir wollen nicht, dass sie das tun müssen." Karla rauschte ins Zimmer.

Lana sah die Überraschung, wie sie in die Augen ihres Vaters schlug und dann dasselbe Leuchten der… Anziehung. Ja, ihr Dad fühlte sich zu dem Energiebündel Karla hingezogen.

„Ich weiß, ich weiß, Sie dachten, Sie wären mich gestern Abend losgeworden. Aber eine der Schwestern hat sich krankgemeldet und auf der Station waren sie unterbesetzt. Daher bin ich nochmal reingekommen."

„Aber haben Sie nicht bereits eine 12-Stunden-Schicht hinter sich?", fragte Marcus.

Lana hätte beinahe gelacht, weil sie diesen Tonfall

schon so oft in ihrem Leben gehört hatte. Seine fordernden, aber besorgten Fragen.

„Hab ich, aber ich bin die Beste, die sie anrufen können, wenn sie Ersatz brauchen. Ich bin neu in der Stadt, hab keine Familie, um die ich mich kümmern muss, und ich langweile mich nach dem ersten freien Tag meist zu Tode. Bis ich hier in der Stadt ein Leben habe, habe ich ihnen gesagt, sie sollen mich einsetzen, wann immer sie mich brauchen."

Ihr Dad schaute nachdenklich, während Karla die Blutdruckmanschette um seinen Arm legte.

„Woher kommen Sie?", fragte er.

Lana unterdrückte ein Grinsen.

„Ich habe in der Gegend von San Antonio gelebt, aber beschlossen, dass ich von dort weg wollte, weil zu viele Menschen dort wohnen. Daher habe ich mich für diesen Job beworben. Ich habe etwas Frieden draußen auf dem Land westlich der Stadt gefunden."

„Das ist die Richtung, in der unsere Ranch liegt", erklärte Lana. „Sie müssen mal zu unserer Ranch kommen. Dad kann Sie herumführen."

Ihr Dad warf ihr einen warnenden Blick zu, bevor er wieder zu Karla schaute. „Sie sind jederzeit willkommen."

Karla hielt inne, bevor sie die Blutdruckmanschette abnahm. „Oh, das klingt sehr schön. Vielen Dank."

Lana entschied, dass sie nach draußen gehen sollte. „Ich bin gleich zurück. Ich muss meine Nachrichten checken." Sie verließ das Zimmer. Die beiden waren erwachsen und sie hatte das Gefühl, dass sie ihren Dad womöglich nicht in die richtige Richtung schubsen musste. Er kam allein gut zurecht.

Auch wenn sie die Verkupplungsanwandlungen in ihrem Kopf nicht unterdrücken konnte. Die bloße Vorstellung brachte sie zum Lachen. Andererseits war die Wahrheit, dass sie nur an Dating dachte, weil sie nicht aufhören konnte, an Cam zu denken.

Ihr Telefon klingelte, als sie runter in den Wartebereich ging. Ihr Herz raste in dem Moment, als sie Cams Namen auf dem Display sah.

„Hallo", sagte sie und fühlte sich atemlos.

„Guten Morgen. Wie geht es dir? Wie geht es deinem Dad?"

Er klang so gut. „Mir geht's super. Und mein Dad kommt heute nach Hause. Bald, denke ich. Wir warten nur auf die Entlassungspapiere."

„Das ist fantastisch. Und hast du letzte Nacht ein wenig schlafen können?"

Sie lächelte. „Hab ich. Wie sieht es bei dir aus?"

„Ich ebenfalls. Und jetzt frage ich mich – ich weiß, du wirst beschäftigt sein, aber ich frage mich, ob du heute Abend Zeit hast, ein oder zwei Stunden für ein Abendessen? Oder für einen Besucher?"

Sie hätte beinahe aufgehört, zu atmen. „Vielleicht. Hängt davon ab, wer fragt."

Sein tiefes, volles Lachen schickte ein Kribbeln durch sie hindurch.

„Ich frage. Und ich muss dir sagen, dass ich Probleme haben werde, wenn du nein sagst, weil ich nämlich bereits auf dem Weg bin."

Ihr Herz setzte ein paar Schläge aus. *Er kam zurück. Um sie zu sehen.* „Du bist schon unterwegs?"

„Das bin ich. Also, wirst du mich abweisen?“

Sie lachte. „Nein. Niemals. Ich würde dich gern sehen.“

Und das meinte sie im Ernst.

„Du hast gerade meinen Tag gerettet. Ich achte besser auf meine Geschwindigkeit oder ich werde noch angehalten. Wir sehen uns bald. Ich rufe an, bevor ich da bin.“

„Toll.“ Sie stand einfach nur da, sprachlos. *Cam fuhr den ganzen Weg hierher zurück, um mit ihr ein Date zu haben.*

Bei der bloßen Vorstellung erfüllte sie tiefe Freude.

KAPITEL DREIZEHN

Sie grinste noch immer, als sie zurück ins Zimmer ihres Vaters ging.

„Du siehst glücklich aus", sagte ihr Dad, als sie sein Zimmer betrat.

Sie grinste ihn an. „Du sahst selbst glücklich aus, als ich vor ein paar Minuten gegangen bin. Du solltest Karla um ein Date bitten. Ich hoffe, du hast sie auf die Ranch eingeladen und sichergestellt, dass sie verstanden hat, dass du das auch so meinst. Frag sie nach einem Ausritt. Falls der Arzt sagt, dass das okay ist."

Er lachte leise vor sich hin. „Warum sagst du mir nicht, was du wirklich denkst?"

Sie setzte sich auf den Stuhl neben ihm. „Es ist Zeit, Dad. Du weißt schon, dass du mal wieder ein Date hast."

„Du solltest selbst anfangen, Dates zu haben. Cam scheint eine gute Wahl zu sein."

Sie schluckte den Köder. „Tatsächlich habe ich heute Abend ein Date mit ihm. Sofern du mich nicht brauchst, sobald wir zuhause sind."

„Ich bin sehr dafür. Ich habe viel über Dave nachgedacht und der Cowboy war nie gut genug für dich. Aber ich muss ein wenig der Schuld für die Probleme, die du durchmachen musstest, auf mich nehmen. Wir haben es euch nicht leicht gemacht, aber wahrscheinlich wurde er es satt, alle sechs von uns, mich und deine Brüder, zu haben, die ihm die ganze Zeit über die Schulter schauten. Er war nicht Mann genug, um damit umzugehen. Ich habe das Gefühl, dass Cam Sinclair mit allem umgehen könnte, was wir bereithalten."

Sie schüttelte den Kopf und lachte. „Ich bin froh,

dass dir der Part, den du im Einmischen in mein Liebesleben gespielt hast, klar geworden ist. Aber ich weiß jetzt, dass Dave nichts für mich war. Und ja, Cam kann damit umgehen, was auch immer ihr bereithaltet. Aber ich bitte dich, dich zurückzuhalten und mich mein eigenes Leben zu lassen. Ich weiß jetzt, dass ich schlechte Entscheidungen getroffen und schmerzhafte Lektionen gelernt habe. Aber es waren meine Lektionen, die ich lernen musste. Das ist mir klar. Und jetzt solltest du ebenfalls Entscheidungen treffen."

Er nickte, lächelte sie an und wurde dann ernst. „Ich verstehe dich. Aber es ist schwer. Deine Mom hätte sich um dich gekümmert und dir all die Einblicken ins Dating gegeben und wie man mit sturen Männern – wie mir – umgeht." Er lächelte bittersüß. „Ich habe Angst, sie und dich enttäuscht zu haben."

Sie nahm seine Hand in ihre. „Nein, Dad. Du hast niemanden enttäuscht. Du bist der stärkste Mann, den ich kenne, und ich liebe dich sehr. Ich glaube, du warst ein normaler Mann, der zusätzlich unter Druck stand, weil er ein kleines Mädchen allein großziehen musste. Also sei nicht so streng zu dir... oder mir.

Abgemacht?"

„Abgemacht." Er richtete sich zu seinen vollen 1,80 Metern auf und umarmte sie. Es fühlte sich gut an, ihn ohne die ganzen Infusionsschläuche zu umarmen.

„Und Cam ist anders", ergänzte sie, als er sie losließ. „Während die letzten 72 Stunden habe ich gemerkt, dass er ein Mann ist, der zu seinem Wort steht. Ein Mann mit Integrität, der sich um andere Menschen kümmert und das Richtige tut. Ich sage nicht, dass du anfangen kannst, die Hochzeitsglocken zu läuten, aber ich kann mittlerweile einen guten Mann von einem schlechten unterscheiden. Kannst du jetzt aufhören, dir über mein Liebensleben Gedanken zu machen und dein eigenes finden?"

Er ging in Richtung Fenster.

„Es ist Zeit, Dad. Du bist 58. Du bist noch immer jung genug, um dein Leben mit jemandem zu teilen."

Er schaute weiter aus dem Fenster. „Du hast Recht." Er schaute zu ihr zurück. „Nur damit du es weißt, ich bin über die Jahre bei ein paar Dates gewesen. Aber nichts hat jemals funktioniert. Nette

Damen, aber ich war nicht bereit und ich hatte dich und deine Brüder großzuziehen. Aber es war nicht euer Fehler, dass es nie funktioniert hat… Ich war einfach nie interessiert genug, um den nächsten Schritt zu gehen. Ich habe nie eine Frau gefunden, bei der ich das Gefühl hatte, sie mit nach Hause bringen und mit euch Kindern teilen zu wollen. Trotzdem ich weiß, dass deine Mom gewollte hätte, dass ich eine gute Frau finde, die dabei hilft, die Lücke zu füllen, die sie hinterlassen hat."

Ihr Herz zog sich zusammen. „Das verstehe ich. Aber jetzt sind wir alle erwachsen. Und es ist Zeit. Und komm schon, Dad. Karla ist eine tolle Frau. Hör auf, zurück zu schauen und lade sie zumindest auf die Ranch ein."

Das war ein großer Schritt für ihn und falls er nur einen Schubs brauchte, würde sie ihm diesen geben.

Sie hatte mit dem Gedanken gespielt, nach Hause zu kommen, aber jetzt begann sie, die Situation neu zu bewerten. Vielleicht war es Zeit für ihren Dad, seine Privatsphäre zu haben. Nicht, dass er viel haben würde, wenn ihre Brüder herausfanden, dass er an

Verabredungen dachte. *Sie würden es ihm sicherlich schwer machen.* Sie würde mit ihnen reden müssen. Über ihren Dad und über sich selbst.

Es war höchste Zeit.

Sie waren zuhause angekommen und ihr Dad hatte darauf bestanden, für ein paar Minuten raus zum Verkauf zu gehen. Aber es ging nicht lang an. Sehr zu seinem Widerwillen war er gezwungen, ins Haus zu gehen und einen Mittagsschlaf zu machen.

Der Vorfall hatte Lana traurig gemacht, auch wenn sie wusste, dass ihr Dad am Leben war und seine Stärke zurück gewinnen würde. Sie war nach draußen auf die vordere Veranda gegangen, als Cam den Weg entlang fuhr und neben dem Truck ihres Vaters parkte.

Ihre Stimmung hellte sich sofort auf und sie ging mit großen Schritten von der Veranda, um ihn zu begrüßen. Sie sagte sich selbst, dass sie sich ruhig, cool und gefasst verhalten sollte. Sie fühlte nichts davon, aber das wiederholte sie immer und immer wieder in ihrem Kopf, während sie auf ihn zuging.

Sein Lächeln brachte ihr Herz zum Schweben und irgendwie wurde sie nicht langsamer, sondern ging stattdessen direkt in seine offenen Arme und legte ihre Wange an sein pochendes Herz. Sie konnte es in seiner Brust heftig schlagen spüren. Spürte, wie er ihren Kopf küsste.

„Wie geht es dir?" Er hielt sie fest.

„Ich bin okay." Sie genoss die Geborgenheit, die sie in seinen Armen empfand. „Ich bin froh, dass du hier bist."

Es war ehrlich. Und Ehrlichkeit war etwas, das sie ihm auf jeden Fall entgegenbringen wollte. Offen und ehrlich und ganz sie selbst. Genauso wie sie auf der Fahrt von Windswept Bay hierher gewesen war. Bei Dave hatte sie versucht, die Person zu sein, die er wollte… hatte gegen ihren Charakter gehandelt und das hatte nicht so gut funktioniert. *Gottseidank.*

„Ich bin auch froh, dass ich hier bin. Ich konnte nicht weg bleiben. Ich wollte für dich da sein, falls du mich brauchst."

Sie schaute zu ihm auf und alles in ihr schrie, dass sie ihn liebte. Schrie es mit Freude und Gewissheit.

Aber es war zu früh. Und dennoch wusste sie, dass es stimmte.

„Ich brauche dich." Es war kurz und simpel und so nah an der Wahrheit, wie sie sich selbst erlaubte zu gehen.

„Mir gefällt, wie es sich anhört." Er küsste ihre Nasenspitze und dann kurz ihre Lippen. „Ich hätte Lust, dich richtig zu küssen, vielleicht eine Wiederholung des Kusses im Stall an dem Abend, als der Hengst geboren wurde. Aber ich will auch keine Grenzen überschreiten."

Sie lächelte und zog dann seinen Kopf nach unten.

Aber er hielt kurz vor ihren Lippen inne. „Wir gehen Abendessen und werden diese Fernbeziehungssache, die uns bevorsteht, besprechen."

„Okay, nachdem du mich geküsst hast", sagte sie, kurz bevor er tat, worum sie ihn gebeten hatte, und sie küsste.

Sie gab sich dem Kuss hin und dachte, ihre Knie würden unter ihr schmelzen. Aber Cam hielt sie fest in seinen Armen und auf gar keinen Fall würde er sie fallen lassen. Das wusste sie. Wusste es mit jeder Faser ihres Seins.

„Ich hatte Recht. Ich habe den anderen gesagt, dass du heute zurückkommen würdest."

Drakes Stimme unterbrach den Moment und Lana war traurig, als Cam sofort den Kuss abbrach. Er ließ sie nicht gehen, sondern hielt stattdessen seinen Arm um ihre Schultern, als sie sich ihrem ältesten Bruder zuwandten. Drake zeigte ein breites Grinsen.

„Hast du ein Problem damit?", fragte Cam.

Drake schüttelte den Kopf, wobei sein Blick Lana streifte. „Überhaupt kein Problem, wenn du sie ordentlich behandelst."

„Drake, ich brauch dich nicht in meinem Liebesleben."

„Ich mische mich auch nicht ein. Ich gebe nur eine freundliche Warnung."

Cam streckte seine Hand aus. „Ich bewundere deine Fürsorge für Lana."

Drake schüttelte seine Hand und Lana warf beiden einen bösen Blick zu.

„Ich will nicht, dass sich meine Brüder hier einmischen", forderte sie und verspürte plötzlich dieses alte, erstickte Gefühl. „Ich weiß, dass sie mich lieben, aber –"

„Entspann dich, Lana", sagte Cam. „Ich verstehe, was du meinst. Ich sage Drake nur, dass ich ihn bewundere und dass deine Brüder sich um dich sorgen. Aber was zwischen uns passiert, ist was zwischen dir und mir. Ich würde nie etwas tun, um dir zu schaden, und er sollte das wissen. Von jetzt an ist er raus." Cam nickte ihr zu und seine Brauen zogen sich zusammen, während seine ernsten Augen ihre ergründeten. „Richtig, Drake?", sagte er zu ihrem Bruder, ohne seinen Blick von ihr abzuwenden.

Drake lachte leise vor sich hin. „Richtig. Ich höre dich laut und deutlich. Tatsache ist, dass ich zurück zum Verkauf gehe und euch beiden allein lasse. Wenn ihr Lust habt, mit zum Verkauf zu kommen, kommt einfach rüber. Hey, gehst du mit ihr aus und fährst dann zurück zu deiner Ranch?"

„Ich hatte vor, mir ein Hotelzimmer zu nehmen und in der Stadt zu bleiben."

„Nein, das geht nicht. Mir gehört das Haus auf der anderen Straßenseite gegenüber der Einfahrt zur

Ranch. Ich habe jede Menge Zimmer. Ich werde für dich das Licht anlassen. Wirklich, du bist eingeladen, bei mir zu übernachten."

„Okay, das klingt super. Ich werde kommen."

Cam schaute zu ihr zurück und sie seufzte. „Es tut mir so leid. Ich hätte nie daran gedacht, dich einzuladen, bei einem der Jungs zu übernachten. Ich war so froh, dich wiederzusehen. Das war alles, woran ich gedacht habe."

„Ist okay. Ist es für dich okay, wenn ich bei Drake übernachte? Du warst gerade ziemlich verärgert."

„Ist in Ordnung. Aber lass sie sich nicht in mein Leben einmischen."

Er zog sie zurück in seine Arme. „Ich werde nicht zulassen, dass sie das tun. Hier geht es um dich und mich. Da ist kein Platz für deine Brüder. Oder deinen Dad."

Sie legte ihre Arme um seinen Hals. „Mir gefällt, wie das klingt."

Er neigte seinen Kopf und küsste sie erneut.

„Hey, sie küssen sich?", hörte sie Brice irgendwo in der Ferne sagen.

„Ja, tun sie", sagte ihm Drake. „Aber wenn ich du wäre, würde ich ihnen ein wenig Privatsphäre geben. Keiner von ihnen ist besonders begeistert, gestört zu werden."

Sie musste leise lachen. *Brüder.* Sie liebte sie – jeden Neugierigen, Rechthaberischen, Störenden von ihnen.

„Hast du gesagt, du lädst mich zum Abendessen ein?"

Cam nickte, ging zwei Schritte zurück und öffnete die Beifahrertür seines Trucks. „Bereit, wenn du es bist."

Er musste nicht zweimal fragen. Sie ging an ihm vorbei und stieg in seinen Truck. Mit einem benommenen Grinsen schloss er die Tür, ging mit großen Schritten herum und kletterte in die Fahrerkabine.

Er schaute zu ihr hinüber. „Dieser Truck hat sich nicht mehr richtig angefühlt, seitdem du ausgestiegen bist."

„Mir hat er auch gefehlt. Und du."

Er nahm ihre Hand. „Das war die beste Querdurchs-Land-Fahrt, die ich jemals hatte. Wo gehen wir jetzt zum Essen hin?"

Sie dachte an all die Lokale in der Stadt und entschied sich für Italienisch. Das war das einzige Restaurant in der Stadt, in dem sie nicht mit Dave gegessen hatte, und daher war es ein guter Ort für ihr erstes Date mit Cam. Und wie es das Glück wollte, war natürlich das erste Paar, das sie sah, als die Kellnerin sie zu ihrem Tisch brachte, Dave und Kimberly.

Ihre Schritte stockten, aber nur, weil sie überrascht war. Darüber hinaus fühlte sie nichts. Nichts außer Erleichterung.

Sie wurden zu einer runden Sitznische geführt und glitten auf ihre Sitzbank. Cam legte seinen Arm über die Rückenlehne und lehnte sich nahe zu ihr. „Wurden deine Schritte wegen des Typens und der Frau, die jetzt in unsere Richtung schielen, zögerlicher?"

Lana atmete Cams Geruch ein. Sie liebte seinen Duft und das Gefühl von Sicherheit und Bewusstsein, das sie empfand, wenn er so nahe war. Sie lächelte ihn an. „Sie schielen herüber, wirklich? Ich hasse es, das zuzugeben, aber ja, ich habe gezögert, weil ich nicht erwartet hatte, sie hier zu sehen. Dave hasst Italienisch. Aber außer, dass ich überrascht war, habe ich nichts weiter empfunden. Außer Erleichterung."

„Wirklich?"

Sie nickte und grinste breit. „Wirklich. Und oh, was für eine befreiende Erfahrung das ist."

„Nun gut. Und fürs Protokoll: Ich liebe Italienisch. Vielleicht können wir Levi und Jessica dazu überreden, bei ihrer Junggesellenfeier Italienisch zu servieren. Falls wir im Paradise Grill feiern, kann er alles kochen – wo wir gerade davon sprechen: Wir müssen die Party planen. Jetzt, da es deinem Dad gut geht."

„Klingt gut. Ich muss Jessica anrufen und mir gefällt die Idee für die Party." Sie schaute ihn an und musste daran denken, wie es wäre, wenn sie ihre eigene Hochzeitsfeier planen würden. Sie schaute weg, da sie nicht wollte, dass er ihre Gedanken las. Sie wusste, dass er es ernst meinte. Das hatte er deutlich gemacht.

Ihr Blick traf direkt auf Daves. Er sah nicht glücklich aus. Doch anstatt sich über die Möglichkeit zu freuen, dass er eventuell bereute, was er getan hatte, um sie zu verlieren, fühlte sie sich traurig, dass er mit Kimberly hier war und so unglücklich aussah. Lana brach den Blickkontakt ab und sah zu Cam. Sie fühlte sich so gesegnet, ihn kennengelernt zu haben. „Cam, ich muss dir sagen, dass es mir überhaupt nicht gefällt, dass mein Dad einen Herzinfarkt hatte, aber ich bin so froh, dass ich dich kennenlernen konnte. Ich fühle mich wirklich gesegnet, dass du in mein Leben getreten bist."

Er hatte seinen Arm hinter ihr auf dem Sitz und drehte sich so, dass er leicht zu ihr gewandt war, und sein Blick lag vollkommen auf ihr. „Nicht mehr als ich fühle."

Die Kellnerin brachte Gläser und Wasser und sie sagten ihr, dass sie ein paar Minuten brauchen würden, um zu entscheiden, was sie bestellen wollten.

Eine plötzliche Aufregung drang durch und zog ihre Aufmerksamkeit zu dem Tisch von Dave und Kimberly. Kimberly war aufgestanden und schaute Dave böse an, während sie ihn mit irgendetwas anschrie, und dann nahm sie ihr Wasserglas und schüttete es ihm ins Gesicht.

Lana rang nach Luft. Das war so unerwartet. Als Kimberly an ihrem Tisch vorbeistürmte, blieb sie stehen und sah böse zu ihr hinunter. „Dieser dämliche Frauenheld. Ich weiß nicht, was ich mir gedacht habe. Du kannst ihn zurück haben, wenn du willst. Ich bin fertig mit ihm."

Weder sie noch Cam sagten etwas, während sie ihr nachsahen, wie sie aus dem Restaurant stürmte.

Dave sah wütend aus, als er aufstand und sein Shirt mit einer Serviette abtupfte. Er warf sie auf den Tisch und ging mit großen Schritten an ihnen vorbei. Dann blieb er plötzlich stehen und drehte sich zu ihr um. Cams Finger legten sich auf ihre Schulter.

„Du siehst gut aus, Lana. Ich habe gehört, bei deinem Dad ist soweit alles in Ordnung. Freut mich."

Sie empfand nichts als Mitleid mit ihm. Und auch wenn sie einst den Wunsch, ihm ein Getränk ins Gesicht zu schütten, unterdrückt hatte, war sie froh, dass sie das nicht getan hatte. Ihr wurde klar, dass es das nicht wert gewesen wäre. Er würde nie ein zufriedenes Leben haben, wenn er sich nicht änderte. Sie war mehr denn je froh, dass sie herausgefunden hatte, was er trieb, bevor sie den Fehler ihres Lebens begangen hatte. Und er verhielt sich so, als wäre das soeben keine riesige Szene gewesen und sein T-Shirt wäre nicht durchnässt angesichts Kimberlys Wutanfall.

„Danke, Dave. Ihm geht es gut. Und ich weiß, dass er und meine Brüder es dir im letzten Jahr schwer gemacht haben. Daher ist es eine tolle Geste von dir, das zu sagen.“

„Nur weil ich mich nicht mit ihm verstanden habe, heißt das nicht, dass ich ihm nicht alles Gute wünsche.“

„Danke. Dave, das ist Cam. Cam Sinclair, mein… enger Freund.“

Cam streckte seine Hand aus und nach einem Zögern schüttelte Dave sie. „Freut mich, dich kennenzulernen“, sagte Cam mit all der Leichtigkeit und dem Selbstbewusstsein eines Mannes, der vor nichts Angst hatte. Er nickte in Richtung Eingangstür. „Sieht so aus, als hättest du ein paar Unstimmigkeiten auszuräumen.“

Daves Miene wurde erneut bedrückt. „Ja, kann schon sein.“ Er schaute von Lana zu Cam. „Na ja, ich gehe besser."

„Das ist wahrscheinlich eine gute Idee", sagte Cam.

„Mach's gut, Dave", sagte Lana und war froh, dass die merkwürdige Unterhaltung vorbei war und erleichtert, als er weiterging.

„Ich bin mir nicht sicher, ob ich ihnen alles Gute wünsche, oder ob sie ohne einander besser dran wären. Traurig, er ist wirklich charmant, wenn er will. Und bei Kimberly dachte ich, sie wäre meine Freundin, aber Freundinnen tun nicht, was sie getan hat. Dennoch kann ich an nichts anderes denken, als daran, wie dankbar ich bin, dass meine Augen geöffnet wurden. Ich habe nur seinen Charme gesehen und war blind für die Warnsignale."

„Schlechtes Verhalten hat immer Konsequenzen. Ich bin froh, dass du nichts weiter damit zu tun hast."

Sie berührte sein Gesicht und ihr war es gleichgültig, wer im Restaurant sie sah. „Cam, wir kennen uns wirklich erst seit knapp acht Tagen? Ich bin so froh, dich zu kennen."

Er nahm ihre Hand in seine. „Es stimmt, aber ich

habe das Gefühl, dass ich dich schon lange kennen würde… auf eine gute Art und Weise."

Sie kicherte. „Ich freue mich, das zu hören. Also wie viel Zeit wirst du in Windswept Bay verbringen?"

„Falls du weiterhin dort lebst, dann werde ich so oft dort sein, wie ich kann."

„Oh, das klingt gut."

„Hey, ich meine es ernst. Ich warne dich jetzt. Ich bin dabei, Lana Presley hier oder dort nachzulaufen. Bis du mir sagst, dass ich dich allein lassen soll. Ich will sehen, wohin es mit uns geht."

„Mir gefällt, wie das klingt." *Ihr gefiel es so sehr.*

KAPITEL VIERZEHN

Am nächsten Tag traf sie Cam im Stall, nachdem sie ihrem Dad Frühstück bestehend aus Haferflocken und einer Banane gemacht hatte. Sie sattelten auf und ritten über die Ranch. Dieser Teil von Texas war voll mit grünem Gras, nach einem großzügig nassen Winter, und Eichen standen vereinzelt auf dem Grasland. Lana liebte dieses Land.

„Ich habe hier draußen viel Zeit damit verbracht, Vieh zu treiben und Zäune zu überprüfen. Ich habe hier draußen auch viel Zeit einfach nur mit Reiten und bei diesem Flusslauf Sitzen und Tagträumen verbracht." Sie zog ihr Pferd neben den schönen Flusslauf, der sich durch die Presley Ranch schlängelte.

„Du scheinst es hier zu lieben. Es ist meiner Ranch sehr ähnlich. Ich hoffe, du kommst vorbei, um sie dir anzusehen."

„Ich liebe es hier tatsächlich und ich würde mir eines Tages gern deine Ranch ansehen. Aber ich habe mit meiner Schule gesprochen und werde zurück nach Windswept Bay gehen. Zumindest bis zum Ende des Schuljahres. Dad braucht mich hier nicht. Er will mich hier haben, aber das letzte, was er braucht, bin ich, die ihm versucht zu erzählen, wie er sich ernähren soll. Er ist noch jung und obwohl er mir Angst eingejagt hat, weiß ich, dass ich nicht hierher zurückkommen und auf der Farm leben muss. Ich mag meine Unabhängigkeit. Außerdem hoffe ich, dass er anfängt, sich mit Frauen zu verabreden."

Cam ließ sein Pferd aus dem Bach trinken. Eine Hand ruhte auf seinem Oberschenkel und eine hielt die Zügel, die er auf dem Sattelhorn abgelegt hatte. Er sah so gut aus. Sie wusste nicht, was er zu ihrer Entscheidung sagen würde.

„Also wann fährst du dann nach Hause?"

„Ich fahre am Freitag. Ich habe meiner Direktorin gesagt, dass ich am nächsten Montag wieder in der Klasse bin."

„Du wirst eine Mitfahrgelegenheit brauchen."

Sie lächelte. „Ja, werde ich. Aber ich kann ein Auto mieten –"

„Ich kann dich zurück bringen. Ich muss dabei helfen, in den Reitställen alles startklar zu machen."

„Das wäre toll – falls du dir sicher bist."

„Ich bin mir absolut sicher." Er schob seinen Hut zurück und blinzelte in die Sonne. „Tatsächlich stimme ich mit deiner Entscheidung überein. Vorerst sowieso. Ich denke, du solltest deine eigene Unabhängigkeit festigen."

Seine Worte halfen. „Danke. Damit fühle ich mich besser."

„Vielleicht kommen wir dieses Mal ohne Sturm zurück zur Küste."

„Vielleicht, aber beim letzten Mal hat es super funktioniert. Perfekt sogar."

„Ich stimme dir voll und ganz zu."

Am Samstagabend fuhren sie in die Auffahrt ihres Hauses. Er küsste sie an der Eingangstür und versprach, sie später am Abend anzurufen.

Sie ging hinein in ihr Haus und stellte die kleine Tasche auf den Boden neben der Tür. Es war fast März und das bedeutete, dass sie sich dazu verpflichtet hatte, bis zum Ende des Schuljahres Ende Mai in Windswept Bay zu bleiben. *Und dann was?*

Im Innersten ihres Herzens hoffte sie, dass es zwischen ihr und Cam weiterhin gut lief.

Es klopfte an der Tür und sie eilte hin, um sie zu öffnen. Sie hatte Jessica wissen lassen, dass sie bald zurück in der Stadt sein würde. Als sie die Tür aufzog, standen Jessica und der kleine Kevin strahlend vor ihr. Sein Hund Roscoe saß mit einem großen Hundegrinsen auf seinem Gesicht hinter ihm.

„Willkommen zuhause!", sagten sie gemeinsam, was sie offensichtlich für den Moment geübt hatten.

Kevin sprang auf und ab. Er rannte über die Türschwelle und legte seine Arme um ihr Oberschenkel.

„Wir dachten, du würdest nie wieder nach Hause kommen", platze es aus ihm heraus. „Alle in der Klasse waren ganz froh, als Mama ihnen erzählt hat, dass du zurückkommst."

„Nun, das ist schön zu hören."

Jessica kam herein und umarmte sie. „Sie haben dich wirklich vermisst. Obwohl du die Lehrerin bist."

Lana kicherte. „Dich werden sie auch vermissen, wenn du in deine Flitterwochen gehst. Sie gingen in die Küche. Ich muss etwas Tee machen."

„Können ich und Roscoe auf deiner Terrasse hinten spielen?"

„Klar könnt ihr, bleibt nur im Licht der Terrasse." Wenige Minuten später machten sie und Jessica Tee, während das Lachen von Kevin und das Gebell von Roscoe draußen zu hören waren.

Jessica setzte sich an die Kücheninsel. „Also, erzähl mir davon. Und erzähl mir von dir und Cam.

Seid ihr jetzt zusammen?"

Lana hatte am Donnerstag mit Jessica gesprochen und sie über das meiste, was los war, auf den neuesten Stand gebracht. „Ja, kannst du das glauben? Ich weiß, das geht schnell, aber, Jessica, ich liebe ihn. Ich habe es ihm noch nicht gesagt, aber er ist in so vielerlei Hinsicht perfekt für mich."

„Das dachte ich mir von dem Moment an, in dem ich ihn kennengelernt habe", sagte Jessica. „Ich dachte einfach, ihr beiden würdet zusammenpassen. Wie Levi und ich es tun. Oh, Lana, ich liebe ihn so sehr."

„Na ja, ich freu mich für dich und Levi und für mich und Cam, aber wir gehen es langsam an. Ich werde auf jeden Fall bis Mai hier bleiben. Und dann bin ich mir nicht sicher. Wir sollten abwarten und schauen. Ich kann mich einfach nicht so schnell auf etwas einlassen."

„Das verstehe ich. Ich denke das Gegenteil. Ich kann die nächste Woche kaum erwarten. Komm am Montag mit mir und Levis Schwestern mit. Ich probiere Kleider an. Ich wollte es nicht machen, ehe du zuhause bist."

Lana war tief berührt. „Ich kann es kaum erwarten."

Die Woche kam wie im Flug, als sie und Jessica sich mit den Sinclair Schwestern – Jillian, Cali, Shar und Olivia – trafen und zusammen in den Laden für Brautmoden gingen. Es war ein Tag voller Spaß und am Ende fand Jessica das perfekte Kleid. Lana sah eines, das sie hinreißend fand, und es sprach zu ihrem Herzen. Das würde ihr Kleid sein, wenn ihr Hochzeitstag bevorstand.

Max kam zwei Tage vor der Junggesellenparty von seinem Einsatz wieder und alle waren erleichtert.

Cam hatte angefangen, sich Sorgen um ihn zu machen, das konnte sie sehen, und an einem Abend erzählte er ihr beim Abendessen, dass Max ihm gesagt hätte, es sollte ein kurzer Einsatz werden, aber am Ende war er länger. Keinerlei Details über das, was er tat, wissen zu können, war schwer für sie, vor allem wenn er länger weg war als erwartet.

Am Abend der Party hatten sich Bert und sein Team selbst übertroffen. Und alle schienen Spaß zu haben. Er hatte eine Ansammlung von Gerichten aufgetischt, inklusive Meeresfrüchten und Italienisch. Das war die perfekte Idee gewesen.

Unter dem Licht der Terrasse, wo die Tanzfläche war, nahm Cam sie in seine Arme und sie bewegten sich langsam zum äußeren Rand der Menge.

„Nun, wir haben mit unserem Teil geholfen", sagte er. „Gute Arbeit."

„Ich bin so froh, dass wir das gemacht haben. Du hattest eine tolle Idee. Und alle sind so fröhlich, mit ihnen zu feiern. Sie sind gelöst und glücklich und sie sind sowas von bereit, um zu heiraten."

„Ja, sind sie." Dann küsste Cam sie, langsam und zärtlich, und dann ginge sie in die Menge, um mit ihren Freunden zu tanzen.

Am Samstag versammelten sich Cam und seine Brüder

erneut im Resort für die Hochzeit. Levi war ein nervliches Wrack. Am Abend zuvor bei der Party war er ruhig und entspannt gewesen, aber heute konnte er die Anspannung bei seinem Bruder sehen, als die Sonne begann, unterzugehen und sie im Sand stehend auf das Auftauchen der Brautjungfern warteten und dann auf Jessica.

Sich nach vorne lehnend flüsterte Cam: „Entspann dich. Was ist los mit dir?"

Levi grummelte: „Was, wenn ich sie enttäusche? Jessica und Kevin haben so viel durchgemacht."

Er konnte es nicht fassen, dass sein Bruder das sagte. „Levi, du wirst sie nicht enttäuschen. Das weißt du. Die Tatsache, dass du dir darüber Sorgen machst, zeigt, wie viel sie dir bedeuten. Ich freue mich für dich. Also mach dich frei davon. Deine Braut kommt gleich hierher."

Die Musik setzte ein und Jillian tauchte als erste Brautjungfer auf. Levi atmete ein und ein Lächeln ergriff seine Lippen. „Du hast Recht. Danke. Und du bist der nächste, großer Bruder."

Cam lachte leise vor sich hin. „Wenn ich so viel Glück habe."

Jede seiner Schwestern sah hübsch aus, während sie den Gang zwischen den Reihen der Freunde, die auf weißen Stühlen mit pfirsichfarbenen Schleifen saßen, entlangschritten. Als Lana ins Blickfeld trat, schlug sein Herz heftig wie der Donner des wütenden Sturms, den sie auf ihrer Fahrt durchgemacht hatten. Wenn Levi halb so viel für Jessica empfand wie er, während er Lana auf ihn zukommen sah, dann war sein Bruder Hals über Kopf verliebt, denn Cam hatte sein Herz verloren und würde nie mehr derselbe sein.

Sie wandte ihren Blick nicht von ihm ab, bis sie ihren Platz als Trauzeugin eingenommen hatte und die Musik für Jessicas Auftreten ertönte.

Kevin, der einen Smoking anhatte und ein Kissen mit den Ringen trug, ging seiner Mutter voraus. Und Jessica kam am Arm ihres Vaters hinter ihm her, wobei sie nur Augen für Levi hatte.

Als Kevin Levi erreichte, strahlte er ihn an. „Ich hab dir gesagt, dass du mein Daddy werden wirst."

Levi grinste und legte seine Hand sanft auf den Kopf des Jungen. „Und du hattest Recht."

Kevin lachte. „Hab ich immer", scherzte er und drehte sich dann um und sah seiner Mutter zu, wie sie ihren Gang beendete.

Jessicas Vater sah stolz aus, als er ihre Wange küsste und sie Levi übergab.

„Sie sind das Wertvollste, das ich habe, Sohn", sagte er zu Levi.

„Ja, Sir. Und auch meines." Levi nahm Jessicas Hand in seine.

Die Hochzeit war wunderschön und Cam freute sich für seinen Bruder. Levi war der beste Mann, den Cam kannte. Und er hatte für sich die perfekte Frau gefunden.

Und jetzt wollte Cam mehr als je zuvor in seinem Leben das nächste Kapitel beginnen… mit Lana.

Lana freute sich so für Jessica und Levi. Sie hatte angeboten, sich um Kevin zu kümmern, während sie in den Flitterwochen waren, aber seine Großeltern blieben, um Zeit mit ihm zu verbringen und Levis Eltern kennenzulernen. Sie kümmerte sich um die Hochzeitstorte und freute sich so sehr für sie, als Cam kam und ihre Hand nahm.

Oh, wie sie ihn liebte. Sie hatte so viel Emotion empfunden, als sie als Trauzeugin zum Altar gegangen war… und konnte sich nur vorstellen, wie es sich angefühlt hätte, wenn das ihre Hochzeit gewesen wäre. Sie waren beide beschäftigt gewesen, sich um die Feier zu kümmern, aber jetzt war Zeit, sich zu entspannen und den Abend zu genießen.

„Kann ich endlich mit der schönsten und liebenswertesten Frau auf dieser Hochzeit spazieren gehen?"

Freude erhob sich in ihr wie die Flügel einer Taube. „Du bist so süß und ein kleiner Lügner, aber ich würde gern mit dir spazieren gehen."

„Ich bin kein Lügner. Ich finde, du bist die perfekteste Frau auf der Welt."

Sie nahm seine Hand, ihre Knie wurden weich und

sie gingen in Richtung Strand. Die Sonne war dabei, im funkelnden, blaugrünen Wasser unterzugehen, leuchtete durch jede Welle und machte sie durchschimmernd, während sie auf die Küste zurollten. Sie waren nicht weit gegangen, als er stehen blieb und sich zu ihr drehte.

Er legte seine Hände auf ihre Schultern und schaute ihr mit seinem intensiven Blick direkt in die Augen. „Ich liebe dich, Lana. Und ich weiß, dass wir uns erst seit einem Monat kennen, aber ich weiß, was in meinem Herzen ist." Er nahm ihre Hand und dann, bevor sie wusste, was er tat, ging er auf ein Knie hinunter.

Lanas Herz sank mit ihm, ihr verschlug es den Atem und Tränen traten ihr in die Augen auf.

„Lana Presley, willst du mich heiraten? Willst du dein Leben mit mir verbringen? Kannst du in Texas leben und Windswept Bay besuchen?"

Das hatte sie gewollt. *Davon hatte sie geträumt.* „Ja zu alle deinen Fragen, aber vor allem will ich dich heiraten. Und Texas ist perfekt." Sie beugte sich nach unten und legte ihre Arme eng um seinen Hals. Er stand auf und hob sie in seine Arme.

„Danke. Ich verspreche dir, ich werde dich lieben wie kein anderer." Und dann küsste er sie, während der leise Klang der Brandung um sie herum rauschte und sich der Horizont in schillernde Töne aus Orange und Pink und Perfekt färbte…

KAPITEL EINS

Kelsey Malone folgte der Servicemitarbeiterin durch den vollen Essenssaal zur hinteren Terrasse des Paradise Grills. Das Restaurant am Strand war – von dem, was ihr erzählt wurde – ein beliebter Treffpunkt bei den Einheimischen und Touristen von Windswept Bay. Heute Abend war die Verlobungsfeier ihres Chefs, Cam Sinclair, und seiner zukünftigen Braut, Lana Presley. Seine Familie veranstaltete sie für ihn und obwohl der Familie das Windswept Bay Resort gehörte, hatte Cam Kelsey erzählt, dass sie Familienfeiern häufig, so wie jetzt, außerhalb des Resorts veranstalteten.

„Da sind wir." Die Servicemitarbeiterin öffnete die Tür. „Die Feier findet auf der linken Seite statt."

„Dankeschön." Kelsey atmete tief durch und trat auf die Terrasse. Sie war noch nicht lange in der Stadt und kannte niemanden wirklich gut. Sie kannte Cam und Lana und dann Levi Sinclair – den Polizeichef – und seine Frau, Jessica. Sie war zur ihrer Hochzeit eingeladen gewesen, aber im Großen und Ganzen hatte sie mit niemandem wirklich lang genug Zeit verbracht, um sie tatsächlich zu kennen.

Aber heute Abend war eine Chance, um Beziehungen aufzubauen. Das war eines von Kelseys Zielen, als sie diesen Job, die Leitung des Gestüts für Cam zu übernehmen, angenommen hatte… um ein neues Leben zu beginnen und im Wesentlichen ein Leben aufzubauen und sich niederzulassen. Kelsey hatte nie wirklich irgendwo Wurzeln und das sollte sich nun ändern.

Partylichter waren überall aufgespannt und die Liveband spielte von Spaß, Strand und Hochzeit inspirierte Musik. Der Mond schimmerte auf dem Wasser, das man von der Terrasse aus sehen konnte, und sie atmete die salzige Luft ein. Sie hatte sich schnell in die Stadt und die Gegend verliebt. Kelsey war Pferdetrainerin und nicht viele Ranches lagen nahe am Strand, daher hatte sie nie viel Zeit in Gegenden wie dieser verbracht. Was bedeutete, dass die Leitung eines Pferdereitstalls am Strand für sie eine einzigartige Gelegenheit war, die sich zum perfektesten Zeitpunkt und wie von Gott gesandt ergeben hatte.

Ihr Blick fand den gutaussehenden Cam Sinclair. Sie spürte überwältigende Dankbarkeit für den Mann, der nicht auf Tratsch gehört und sie trotzdem wegen ihrer Leistungen, Ausbildung und Reputation eingestellt hatte.

Ihr Blick wanderte zu Cams Bruder Levi. Er und seine Frau Jessica waren herzlich und wundervoll zu ihr gewesen. Ihr Blick wurde fast unmittelbar auf den attraktiven Mann neben Levi gezogen – in seinen

Augen lag eine Ernsthaftigkeit. Er hatte eine Erhabenheit an sich. Sein Stand war anders; seine Brust war breiter und sein Bizeps dicker mit harten, abgeschnürten Muskeln. Auf einmal wanderte sein Blick und traf ihren. In ihrem Bauch brachen sofort Schmetterlinge hervor. *Du meine Güte.*

„Kelsey.“

Beim Klang ihres Namens zog Kelsey ihren Blick von dem des Mannes und sah Jessica auf sie zukommen.

„Ich freue mich so, dass du es geschafft hast.“ Jessica umarmte sie.

„Ich freue mich, hier zu sein“, sagte sie und fühlte sich willkommen. „Sieht so aus als wäre die Party in vollem Gange. Es tut mir leid, dass ich spät dran bin. Ich hatte eine Reitgruppe, die länger gedauert hat, als erwartet.“

„Kein Problem. Komm schon, lass uns zu den anderen hinüber gehen.“

Lana winkte ihr zu und bedeutete ihnen, zu ihr zu kommen. „Ich freue mich riesig, dass du gekommen bist. Cam sagte, er dachte, du würdest kommen.“

Sie erzählte ihr von der späten Reitstunde. „Es war trotzdem eine großartige Gruppe. Es war eine Mischung aus Erwachsenen und Kindern und die Kids waren bezaubernd. Erinnerte mich an Kevin und Jessica.“

Kevin war Jessicas kleiner Junge, ein Erstklässler, dem sie jetzt Reitunterricht gab. Kelsey machte es wirklich Spaß, den Kindern Reiten beizubringen und die Begeisterung in ihren kleinen Gesichtern zu sehen, wenn sie die Freuden des Reitens kennenlernten.

„Du machst das so toll mit ihnen“, sagte Jessica.

„Ja, tust du und deswegen sind wir so glücklich, dich als Leitung des Gestüts zu haben. Das gibt Cam wirklich inneren Frieden, wenn er in Texas ist.“

Niemand war glücklicher darüber, dass sie den Job hatte, als Kelsey. *Sie war so dankbar dafür… für Cam und Lana,* dachte Kelsey erneut. Sie wiederholte das Mantra mehrere Male pro Tag.

„Kevin spricht die ganze Zeit in den höchsten Tönen von dir. Du solltest hören, was er in der Schule erzählt. Ein paar der Eltern seiner Klassenkameraden werden wahrscheinlich wegen Reitstunden bei dir anrufen.“

Kelsey kicherte. „Ich liebe es, in diesem Alter zu unterrichten. Sie sind so drollig.“

„Sie sind schwierig.“ Jessica lachte. „Ich denke immer an Levis Mutter und Vater, die fünf Jungs großgezogen haben. Wie haben sie überlebt?“

Lana zog eine Grimasse. „Glaub mir, das war wahrscheinlich nicht einfach. Ich habe selbst fünf Brüder und ich liebe sie, aber ach du lieber Himmel sind Jungs aktiv.“

Die drei schauten automatisch zu den drei Männern, die sich unterhielten, hinüber.

Kelsey musste fragen: „Wer ist das, der dort mit Cam und Levi redet?“

„Oh, das wusstest du nicht? Das ist Max“, sagte Jessica.

„Er sieht so ernst aus… oder so.“ Ihr war es sofort peinlich, sie wissen zu lassen, dass sie sich Max so genau angesehen hatte.

Lana nickte. „Ja, er ist beim Sondereinsatzkommando einer sehr elitären und streng geheimen Abteilung der Marine. Es ist so ähnlich wie ein Navy SEAL. Sehr gefährlich. Und Cam meinte, er wäre wirklich ruhig gewesen, seitdem er zuhause war. Ich habe nicht viel Zeit mit ihm verbracht, aber ich habe dasselbe gedacht.“

„Levi hat genau dasselbe gesagt“, meinte Jessica. „Er ist ruhiger. Ich denke, er bleibt mehr für sich allein, selbst wenn er von seinen Einsätzen zuhause und nicht in der Basis ist. So wie Levi es sagt, kann er nicht einmal mit seiner Familie über die Einsätze reden. Das wäre hart, denke ich.“

Kelsey nickte. Gedanken an ihren Dad schlugen auf sie ein. Er war beim Sondereinsatzkommando gewesen und die meisten ihrer Erinnerungen an ihn waren, dass er weg war und sie ihn vermisste. Sie schüttelte die Gedanken ab und ihr Blick blieb auf Max Sinclair hängen. Sofort wanderte sein Blick zurück zu ihr, als würde er spüren, dass sie ihn ansah. Hitze stieg in ihrem Körper auf und sie hoffte, dass das gedimmte Licht ihr Erröten verbarg.

Die Sinclair Schwestern waren plötzlich da und begrüßten sie und sie war froh über die Ablenkung.

Cali, Shar, Olivia und Jillian Sinclair waren

freundlich und einladend. Sie waren so nett wie sie hübsch waren und Kelsey versuchte angestrengt, sich daran zu erinnern, wer wer war. Die große Blonde war Cali; sie war die älteste und mit einem berühmten Künstler verheiratet. Die anderen drei waren Drillinge, auch wenn sie nicht gleich aussahen. Shar hatte dunkle Haare und die anderen beiden sahen fast identisch aus.

„Mädels, schaut – ich glaube, Max checkt Kelsey ab." Shar lächelte sie an. „Cool."

„Wirklich?" Jillian schnappte nach Luft und warf ihrem Bruder einen flüchtigen Blick zu.

Kelsey war peinlich berührt und sah sofort in seine Richtung, weil alle anderen das taten. Er schaute nicht zu ihr, sondern konzentrierte sich auf etwas, was Levi sagte. Mehr Jungs kamen zu der Gruppe.

„Er ist so still, seitdem er zurück ist", sagte Cali nachdenklich.

„Ich weiß. Es macht mich verrückt", sagte Shar. „Ich glaube, bei diesem Einsatz ist etwas Schlimmes passiert. Deswegen war er so lange weg."

„Das glaube ich auch", stimmte Olivia zu.

„Trent und Max sind unsere ruhigen Brüder und

daran sind wir gewöhnt. Aber Max ist noch zurückgezogener, seitdem er zuhause ist", erklärte Jillian.

„Er kann mit niemandem über seine Einsätze rede", sagte Shar. „Es ist einfach nicht normal. Du musst mit jemandem reden können. Ich weiß, dass er sein Team hat, aber dennoch ist es etwas anderes, Familie zu haben, mit dem man Dinge besprechen kann. Ich mache mir Sorgen um ihn."

Kelsey fühlte sich unwohl, über Max zu reden. Und sie wusste allzu gut, worüber sie sprachen. Sie wollte ihnen nicht sagen, dass, wenn Max irgendwie ihrem Vater ähnlich ist, er mit der Art seines Lebens zufrieden ist. Wahrscheinlich verbringt er jeden Tag, den er zuhause ist, in Bereitschaft, zum nächsten Einsatz zu gehen.

So war ihr Dad erschienen. Kelsey hatte dieses Leben einst gelebt und würde so ein Leben nie wieder führen. Sie hatte eine Regel: Ganz egal, wie verführerisch ein Mann war, wenn er irgendwie beim Militär war, würde sie das sofort abschrecken.

Max Sinclair war keine Ausnahme. Ja, sie hätte

eine Reaktion gespürt, als sich ihre Blicke getroffen hatten, aber das war egal. Noch zählte es, ob seine Schwestern der Meinung waren, er hätte Interesse an ihr gezeigt.

Kelsey verabredete sich nicht mit Männern aus dem Militär. Punkt.

Und diese Tatsache würde sich niemals ändern.

Stunden nach der Party saß Max im Dunkeln und starrte aufs Meer. Die hereinrollenden, weiß-bedeckten Wellen beruhigten die Unruhe nicht, die durch ihn hindurch rollte und wie Wellen heftig gegen sein taubes Herz schlugen.

Er war es gewöhnt, die Kontrolle über sich zu haben – über seine Emotionen, seine Reaktionen, seine Gedanken. Aber heute Abend hatte er das Gefühl, er hätte über nichts Kontrolle.

Er konnte den Verlust seiner Teammitglieder nicht ausblenden. Konnte sich nicht an jede seiner Bewegungen, die er bis zu dem Moment, als der Sprengstoff gezündet worden war, erinnern. *War es sein Fehler gewesen?*

Hatten zwei seiner Freunde ihr Leben verloren, weil er die Zeichen falsch gedeutet hatte? Weil er einen Fehler begangen hatte?

Das glaubte er wirklich nicht, aber da war dieser sich andeutende Zweifel.

Er rieb sich sein Knie und spürte die Schwellung und den Schmerz, der ihn manchmal innerlich erschüttern konnte. Er kämpfte dagegen an, die Schmerzmittel, mit denen ihn die Ärzte aus dem Krankenhaus entlassen hatten, zu nehmen. Aber es hatte ein paar Male in der Woche gegeben, seitdem er zuhause angekommen war, in denen er welche hatte nehmen müssen. Heute könnte eine dieser Nächte werden. Bei der Verlobungsfeier seines Bruders hatte er die meiste Zeit stehen müssen – das war hart für sein Knie gewesen. Sein vorderes Kreuzband war gerissen und die Ärzte hatten gesagt, dass es gut wäre, der Schwellung etwas Zeit zu geben, um zurück zu gehen, bevor man über eine Operation nachdenken konnte. In zwei Wochen hatte er Termine zur Nachkontrolle. Dafür und ebenfalls für die Beurteilung seines Gehörs.

Seine Karriere war auf Messers Schneide und konnte in beide Richtungen fallen. Und er konnte nichts machen, außer zu warten.

Im Warten war er noch nie der Beste gewesen, bis er zu der Spezialeinheit gekommen war und Geduld hatte lernen müssen. Aber jetzt ging es nicht um einen Einsatz, sondern um ihn… darum, ob er jemals in einen weiteren Einsatz würde gehen können. Er sollte es seiner Familie sagen. Sollte sie daran teilhaben lassen, was er durchmachte. Aber wenn irgendjemand aus seiner Familie erfuhr, dass er sich sein Knie bei dem Einsatz verletzt hatte – oder dass er beinahe hochgegangen wäre… das waren Sorgen und Ängste, die er ihnen nicht aufbürden wollte.

Deswegen hielt er es geheim. Bis er das Stehen nicht länger hatte ertragen können und früher gegangen war.

Jetzt schloss er seine Augen. Er lebte, um sein Land zu beschützen. Er war gewillt gewesen, zu sterben, um sein Land zu beschützen, aber er war es nicht gewesen, der gestorben war; es waren seine Teamkameraden gewesen, die den höchsten Preis gezahlt hatten. Er hatte beinahe ihre Beerdigungen verpasst und hätte es auch, wenn ihre Leichen früher zurückgebracht worden wären. Er war im Krankenhaus gewesen und erst am Tag vor den geplanten Beerdigungen entlassen worden.

Er wusste, dass sich seine Brüder – seine ganze Familie – fragten, warum sein Einsatz länger gedauert hatte als üblich, aber sie wussten nicht, dass er eine Woche im Krankenhaus verbracht hatte. Die Explosion, die seine zwei Freunde getötet hatte, hatte sein Gehör auf der rechten Seite beschädigt und das Innere seines Knies auf derselben Seite zerfetzt. Als dieser Sprengsatz so nahe bei ihm explodiert war, hatte es geklungen als wäre sein Kopf im Inneren einer Stahltrommel gewesen. Es war so laut gewesen, dass es ein schieres Wunder war, dass er es überlebt hatte – und mit kaum einem sichtbaren Schaden.

Wie machte er von hier aus weiter?

Als könnte sie seine Gedanken hören, drehte Charlotte ihren Kopf und schaute ihn an. Das Schwein war, seitdem er zuhause angekommen war, beständig an seiner Seite gewesen. Es war fast, als könne sie spüren, dass etwas nicht stimmte. Max Kiefer spannte sich bei dem Gedanken an. *Nein, etwas stimmte nicht.* Er hatte sich zuvor noch nie so freudlos gefühlt. Hatte nie diese Vorahnung eines drohenden, schlimmen Endes empfunden…

Er kraulte Charlottes Kopf und das Schwein stupste seine Hand, als er innehielt. Ein wenig seiner Anspannung löste sich. „Ja, Charlotte, ich werde mich am Riemen reißen müssen."

Was würde er tun, wenn er die Meldung erhielt, dass es vorbei war?

Er hatte auf dem Hügel ein Haus zu bauen. Und er hatte im Ernst über eine eigene Familie nachgedacht. Warum sonst hatte er zugestimmt, bei dieser Junggesellenauktion am Valentinstag, die seine Schwestern letzten Monat veranstaltet haben, mitzumachen? Er war zum Einsatz gerufen worden, bevor die tatsächlich Auktion begonnen hatte, aber dennoch hatte er sich von ihnen überreden lassen.

Jemand, der hübscher war als Charlotte, wäre super. Er war sich nicht sicher, ob er wirklich bereit war, darüber nachzudenken, sich zu binden, oder ob es ihn einfach dazu brachte, mehr über seine Zukunft nachzudenken, wenn er seine Schwestern so glücklich sah.

Er war sich sicher, dass er noch nicht bereit war, sich aus dem Dienst zurückzuziehen. Dieses magenverdrehende Gefühl, dass er gerade hatte, sagte ihm, dass er nicht bereit war, wegzurennen. Und er war ganz sicher nicht bereit, es sich so wegreißen zu lassen.

Er wollte keinen Arzt, der ihm die Kündigungspapiere aushändigte.

Du bist noch immer am Leben.

Er schüttelte sich. Der Gedanke schlug auf ihn ein und unterbrach sein Selbstmitleid.

Er würde nehmen, was auch immer der morgige Tag ihm entgegenbrachte. Er war bei dieser Explosion nicht mit seinen Kameraden gestorben.

Die Gedanken an die große Pferdetrainerin bewiesen deutlich, dass er nicht gestorben war. Beinahe vom Moment an, in dem sie heute Abend auf die Terrasse getreten war, hatte er gewusst, dass sie da war. Er hatte sich umgedreht und gesehen, wie sie ihn musterte, und er hatte seinen Blick kaum von ihr lassen können.

Cam und Levi war das auch aufgefallen, auch wenn sie nichts gesagt hatten. Er hatte beide erwischt, wie sie ihn beobachteten, wann immer er seinen Blick von Kelsey Malone abwandte. Vielleicht würde er sie morgen treffen. Wenn er mehr über die schöne Pferdetrainerin herausfand, war das vielleicht genau die Ablenkung, die er gerade brauchte.

Weitere Bücher von Debra Clopton

Windswept Bay

Von Diesem Moment An

Irgendwo Mit Dir

Mit Diesem Kuss & Für Immer Und Ewig

Warten Auf Liebe

Mit Diesem Ring

Mit Diesem Versprechen

Mit Diesem Schwur

Mit Diesem Wunsch

Mit dieser Ewigkeit

Die Cowboys von Mule Hollow Serie

Liebe Mich, Cowboy

Tanz Mit Mir, Cowboy

Immer Ärger mit Lacy Brown

… plus Baby macht fünf

Mein Herz gehört dir, Cowboy

Halt mich, Cowboy

New Horizon Ranch Serie

Ein Cowboy für Maddie

Ein Cowgirl für Rafe

Ein Cowgirl für Chase

Ein Cowgirl für Ty

Eine Familie für Dalton

Eine Tierärztin für Treb

Maddies geheimes Baby

Ein Cowgirl für Austin

Die Cowboys von Ransom Creek

Ihr Cowboy-Held (Vorgeschichte)

Braut zu mieten

Cooper

Shane

Vance

Drake

Brice

Über die Autorin

Die Bestseller-Autorin Debra Clopton hat bereits über 2,5 Millionen Bücher verkauft. Ihr Buch OPERATION: MARRIED BY CHRISTMAS soll sogar als ABC Familienfilm verfilmt werden. Debra ist bekannt für ihre modernen Westernromanzen, texanischen Cowboys und temperamentvollen Heldinnen. Romantik und eine Prise Humor werden immer miteinander verflochten, um den Leser zum Lächeln zu bringen. Als Texanerin in sechster Generation lebt sie mit ihrem Ehemann auf einer Ranch im Herzen von Texas und freut sich immer über Zuschriften von ihren Lesern.

Besuche Debras Website unter
debraclopton.com/deutsch

Melde dich für ihren Newsletter
www.subscribepage.com/KostenloseTexascowboyromantik

Triff sie auf Facebook unter
www.facebook.com/debra.clopton.5

Folge ihr auf Twitter unter @debraclopton

Kontaktiere sie unter debraclopton@ymail.com

www.ingramcontent.com/pod-product-compliance
Lightning Source LLC
Chambersburg PA
CBHW070631100726
47907CB00007B/1941